主编　凌翔

当代著名作家美文自选集

你是爬上我额头的藤蔓

窗内窗外都有阳光

孔锐　著

天津出版传媒集团

天津人民出版社

图书在版编目 (CIP) 数据

你是爬上我额头的藤蔓：窗内窗外都有阳光 / 孔锐
著 . -- 天津：天津人民出版社，2019.11
（当代著名作家美文自选集 / 凌翔主编）
ISBN 978-7-201-15459-6

Ⅰ . ①你… Ⅱ . ①孔… Ⅲ . ①散文集—中国—当代
Ⅳ . ① I267

中国版本图书馆 CIP 数据核字（2019）第 225189 号

你是爬上我额头的藤蔓　窗内窗外都有阳光
NI SHI PASHANG WO ETOU DE TENGMAN　CHUANGNEICHUANGWAI
DOUYOU YANGGUANG

出　　　版	天津人民出版社
出 版 人	刘　庆
地　　　址	天津市和平区西康路 35 号康岳大厦
邮政编码	300051
邮购电话	（022）23332469
网　　　址	http://www.tjrmcbs.com
电子信箱	reader@tjrmcbs.com
责任编辑	岳　勇
装帧设计	陈　姝
印　　　刷	北京楠萍印刷有限公司
经　　　销	新华书店
开　　　本	710 毫米 ×1000 毫米　1/16
印　　　张	13
字　　　数	200 千字
版次印次	2019 年 11 月第 1 版　2019 年 11 月第 1 次印刷
定　　　价	49.80 元

目　录

第一辑　情牵梦里乡魂

那年，丢了我的嫁妆

我三岁的时候便有记忆。我在农村长大，跟着我的奶奶。那片祖屋是三间变形的瓦房，阴暗低矮而破旧，甚至在颤抖，我担心它会支撑不住了然后趴下，我知道我爸爸我爷爷以及我爷爷的爸爸都出生在这里。

奶奶，清朝人，十六岁便嫁进了这屋。她是一个孤儿，一个裹着小脚的，个子矮矮的，总穿着大布襟褂，不识字的女人。

可她也是个闲不住的女人，跟土地打了一辈子交道，我睁眼闭眼总看见她在忙着。除了灶头田里，冬天，她在纺纱，夏天她在捻麻。

纱是棉花捻成的线，可以把捻成的线织成棉布。捻麻是捻大麻的茎皮，捻成的麻线可以织成夏布，夏布的最大用处便是做成夏布帐子。

那个夏天的晌午，天很热，我躺在树阴下睡午觉，地上铺着凉席。奶奶坐在一张小凳上，在我的旁边，一直在捻麻。在迷迷糊糊中，除了蝉声，我听见有个女人在跟奶奶说话。

"哎，·二奶奶，怎么又捻上了，不是捻完了吗？"

"哈，那是给大丫头捻的，这是给我这二丫头捻的，捻到明年就差不多了。"

"哎哟喂，你真够操心操肺的！"

"呵呵，庄上哪家不是这样？你以后也会这样！"

"我才不烦这个神！"

"趁我还有力气，我能做的就只有这件事了，将来做顶好的夏布帐子，让我家的丫头都嫁个好人家。"

说话的是个大肚子女人，比奶奶年轻得多，住在奶奶家西边。她喊奶奶是二奶奶，那是因为我爷爷排行老二。她总是挺着大肚子，一直在不停地生孩子，已经生了五个姑娘了。

庄上人家的姑娘出嫁，按风俗，要想体面，总要陪嫁夏布帐子一顶。从很小的时候起，我就知道奶奶早已经在给我添置嫁妆了。这顶夏布帐子将是我的陪嫁，我仿佛看见我坐在夏布帐子的正中央，而夏布帐子正在风中飘逸着，风吹在我的脸上，凉快极了。

又过了一年，还是夏天，捻成的麻线已经织成了麻布，三间屋前的门口晾满了，烈日下长长的灰白色麻布很似一道飘逸的长廊，把整个村庄的人都吸引过来。奶奶说每年的夏天拿出来洗了晒伏，这样的夏布帐子用起来才凉快。

傍晚的时候，从田里回来的奶奶突然惊慌失措起来。

"这是怎么了？这是怎么了？麻布不见了，是谁偷了我家的麻布？是谁偷了我家的麻布？"奶奶的声音一下子变了，变得低沉而粗壮，仿佛从胸口直接发出的一样，完全不是她的声音。急切的、恐惧的，带着悲伤和愤怒。

从太阳下山到月亮升起来，天一直在热，没有一点点风。奶奶迈着小脚从东庄喊到西庄，从西庄喊到东庄。我跟在奶奶身后，抓住她的衣角，无助地看着天一点点在黑，我也跟着伤心起来，仿佛在大海中沉了船，一切都消失在迷茫中。

"谁家捡到了我家的麻布？还给我。谁家捡到了我家的麻布？还给我……"奶奶的声音越来越低，奶奶已经没有力气了，喊不动也走不动。庄上人没几个理睬我们的，最多站在门口，朝我们望望，面无表情。我有点恨他们了，舍不得奶奶这样伤心。"奶奶，我们回家吧！奶奶，我们回家吧！"我拉着奶奶回家，此刻，我已经知道我的嫁妆没了，开始伤心难过起来。借着路边人家屋里余光，我看见奶奶满脸的汗水，还有泪水在发着亮。

吃了晚饭，奶奶似乎一下子恢复了精神，像打了鸡血一样，两眼放光。月光下，我躺在屋前地上摆放的竹匾子里，奶奶坐在我的身旁，一边摇着手中的扇子，帮我驱赶蚊子，一边清着嗓子，朝着那个生了六个姑娘的邻居家方向在喊叫着。

"谁家偷了我家的麻布，谁全家就是畜生。"

"谁家偷了我家的麻布，生的孩子就没屁眼！"

"谁家偷了我家的麻布，就……"

……

喊着喊着，奶奶的声音开始发抖。然后就是短暂的停留，我看见她在伤心抽泣起来。我也开始流泪，我担心我的嫁妆没了，我以后怎么嫁人？

奶奶的骂声搅得我从梦中一次次醒来，我一次次睁眼看见了天上的星星和月亮。伴着她的骂声，我又沉沉地睡去，直到天亮。

奶奶骂了一夜，似乎解恨了，从此不再提起此事。

两个月后，邻居的女人又生了，第七个，是个没有屁眼的男孩。没有几天，那孩子便病死了。

有一年夏夜，那丢失的麻布突然又晾在了屋前，距离丢麻布整整两年。

失而复得，奶奶沉默了，从此不再提这嫁妆的事情。

我家的永久自行车

1

那是一片遥远的回忆，我坐在奶奶的小屋前，看远处田野金色的麦浪，看屋旁郁郁葱葱百年银杏树林中飞舞的彩蝶，看前方的一条通往县城的小路的尽头……梦想着父亲脚蹬着自行车缓缓向我走来。

我飞快地向他奔去，那是童年的记忆中最美好的瞬间，父亲会给我带来城里的食品，还有新衣裳。我边跑边喊"爸爸、爸爸、爸爸"。那一刻，我想要的不仅仅是父亲包里的东西，还有父亲的拥抱，那个带有汗水与体温，听得见心跳的怀抱是我满意的港湾……父亲多远看见我都会赶紧下车，把车停稳妥，然后蹲在地上，张大双臂，等着我的扑来。父亲的脸上始终挂着汗珠和笑容，一切都在流淌着，伴着我的长大。父亲远远地骑着自行车的形象永远是那样的威武，在那片金色的田野的背景里，父亲仿佛一个骑士。

再后来，年轻的父亲当上了公社书记，他总是骑着自行车，奔波于村庄的田埂和沟塘。从黎明现场会的麦场一直到夜幕笼罩下繁忙的收割场……他的车轮沾满了烂泥，浸满了青草的芳香，他用双脚点缀人生最辉煌的轨迹，完成他青壮年奋斗的梦想。肥沃一方泥土，富裕一方农民，幸福一帮百姓……质朴的理想夹杂着不一般的情怀。沿着自行车的轨迹，洒下一路的汗水，却播种着那方土地上几代人幸福的种子。

再有好多次的早晨，在城里上高中的我，因错过了公交车，坐到了父亲的自行车车后。一路上，父亲蹬着自行车喘着气，不停地讲他上学时候的事情。吃不饱的时候睡不着怎么办？家里没有能力供养孩子上学，他忍受着饥饿和贫穷，他只有一个念头，学习。讲有一年冬天，下着雪，他舍不得穿鞋子，他赤着脚从县城走回了家，三十多里路，脚冻得没了知觉。父亲讲人为什么要学习？为什么要奋斗？……寒冬时节，寒风刺骨，可父亲却是满脸大汗，满脸汗水浸透着他通红的脸庞。我感受到了父亲的那份特殊的心甘情愿，连同充满父爱的热气在升腾着。

那一刻，我希望自己的体重应该轻些轻些再轻些，我想跳下车，跟在父亲的自行车身后，我甚至还想让父亲坐在自行车后面，由我来骑。

教室门前，父亲目送我进了教室，我透过窗户玻璃，看到父亲站在自行车旁，脱下外衣，掀动着内衣，盯着我的教室方向很久很久，脸上是欣慰而满足的笑……多少年过去了，我抬头便可以隔着窗户看到父亲，这一幕一直深深地留在了我的脑海里，挥之不去。

父亲这一辈子只有自行车。悠悠漫长的岁月中，他用双脚踩蹬着平凡的人生道路，却编排出不寻常的生命乐章，那些跳动的音符承载着父亲的理想，父亲的信念和父亲的盼望！

父亲这一辈子只会骑自行车，他始终紧握着自行车车把，面带笑容。载着他的理想与抱负，怀抱着满满的爱，对社会、对家庭、对子女，向着他的人生目标，脚踏实地地行驶在不平坦的小路上。

我骑着父亲的自行车满世界乱窜，父亲惊慌地跟跑着，那一年我八岁……

2

八岁那年我开始习武，同年便学会了骑自行车。

身材矮小的我，骑着父亲的大梁自行车穿大街走小巷，奔田野踏土路。风吹着我的脸，青草的香味扑面而来，满脸大汗的我笑得咯咯的，跌个跟头爬起来照骑，没有丝毫的羞涩和慌乱，只有心跳的感觉。

这哪是骑啊，纯粹就是玩杂耍。你看我左脚踩着脚踏，左腿直蹬着，右腿弯着，穿过斜杠，右脚踏着对面的脚踏，两腿在半空中来回重复同一个动作……这个动作持续了一年，我的屁股才开始可以坐到座垫上。

坐到了座垫上的我，双腿终于可以伸直了蹬脚踏了，只是两只脚不可能同时蹬到脚踏上，总有一条腿悬空着。然而仅仅这样就足够了，我已经完全可以把自行车骑得飞飞的，而且常常后面还坐着一个小伙伴。当然，这样的速度下，鼻青脸肿的日子时常发生……我也常常总结经验和教训，还指导同龄的小伙伴，如何避免失控的发生。我的身材在日益增长，我的武艺在一天天高涨，我的车技自然在不断地进步。

那个年代，除了公共汽车，自行车似乎是人们唯一的方便出行的交通工具，也同时成为一个家庭重要的投资项目。谁家有两辆以上自行车，就是"非富即贵"。借辆自行车也成为亲戚朋友们之间大面子的事情了。

十二岁那年，借了邻居一辆自行车，我固执地坚持要带着母亲，父亲带着姐姐骑了二十多里的土路回老家过年。冬日阳光温暖地照过来，风却吹得我凉爽极了，我昂首挺胸向前，跟在父亲的车后面，沉浸在骄傲自豪之中。其间经过一段高低不平的土路时，只顾着一个人奋勇前进，猛然回头发现车后的母亲居然不见了，我把母亲给骑丢了。我们连忙回头去寻找母亲，在一里开外，母亲坐在地上，双手摸着屁股在痛苦地呻吟着，直骂我是个不孝的儿啊。我拉起坐在地上的母亲，检讨刚刚的不是。

十三岁那年，我一下子长高了许多，终于不用再羡慕别人的正常骑车了，完全就是一个大人。我骑着父亲的自行车跟随从泰州来走亲戚的舅舅，从泰兴骑到了泰州，整整骑了三个小时。两天后，又一个人从泰州骑回了家。一路上，风尘仆仆，避让着迎面而来的各种各样的汽车和拖拉机，闻着尘土味和田野吹来的麦浪甜香，陶醉其中。从此我知道了人在前进的路上，既要胆大又要心细，又要懂得谨慎与防范，忍让与躲闪。

四十年过去了，开了快整整四年汽车的我，如今又骑上了自行车。这绝不是"返古"，这恰恰是一种进步，一种思维的放松和思想的进步，一种健康和自我保护的意识的进步。我的双腿在不停地蹬着，我的双臂在用劲撑着，还有我的呼吸和心跳都在超越着它们原有的自我。

遵循着道路的行走规则，谦让着汽车、电动车，看烦躁不安的车流在赶超着我，我想，自行车之所以有它存在的理由就是因为有它存在的价值。就如同这个世界存在着形形色色的人一样，而简单、朴实、自然、自由和健康才是每个人应该追求的目标，我想这也是我如今又骑上自行车的理由。

裁缝进门

做衣服，在很多人看来是个新鲜的事情，如今大人小孩穿的，谁不是买现成的？请裁缝进门做衣服更是很久以前的事情了，而个中却别有一番滋味。

母亲有一个姐姐一个妹妹，都在外地工作，都嫁得不错。姐姐妹妹们生的都是男孩，想必是羡慕母亲生了两个女儿，同时同情母亲嫁得不如她们，于是我们家定期总能收到她们寄来的花布，惹来了左邻右舍的羡慕。她们常常寄来一沓厚厚的、花花绿绿的花布，棉质的带着她们的体温，闻起来还有一股特殊的清香。这样的花布最终都穿到了我们一大一小姐妹俩人的身上。春夏秋冬，寒来暑往，都是统一的"花姑娘"……

我七岁那年，20世纪70年代，父亲当上了公社书记。我们举家从城里搬到了父亲所在的公社，家就住在公社大院里。不知从什么时候起，母亲学着镇上的人家，把裁缝师傅请进家门，连续做上几天的衣裳。渐渐地，我便盼望着母亲把裁缝师傅请进家门，因为那种感觉我特别喜欢。裁缝师傅姓赵，是个女的，三十多岁，个子矮矮的，长得不漂亮，但笑眯眯的，右脸一直有个酒窝，声音有点嘶哑，她一刻也不闲着。她还总喜欢边做边哼着样板戏，什么我家的表叔数不清……这是她最喜欢唱的一段，反复唱，唱得我都会唱了。我母亲夸她音准，节奏也很准，特别是在脚踩缝纫机脚踏板时，她会停下脚来，等一句唱完，脚再动，生怕踩错了点子。

我之所以喜欢裁缝进门，除了知道能够很快穿上新衣服，我很喜欢看几个人热热闹闹地从门外抬进赵师傅的缝纫机和一系列的家当，听她脚踩缝纫机的旋转声，看她手脚并用的样子，我好羡慕。甚至想好了，我将来长大了就当个裁缝，整天替别人做衣服，有什么不好？我还喜欢看着家里的大桌上、地上摆放和落满了布料和布料的碎屑，仿佛成了服装加工厂了。同时更重要的，天天可以闻见厨房里飘来的肉香，这简直就是过年，跟过年一模一样。

为什么要请裁缝师傅进门？我也许说不清楚。只大略知道母亲的用意，一来是当地的风俗习惯，把师傅请进家门在左邻右舍是体面的事情。二来还可以多做衣服省点钱，并在短时间内可以穿上新衣服。

做什么衣服？做几件衣服？做什么式样似乎都是母亲说了算。那些花布，她的姐姐妹妹，也就是的我姨妈姨娘寄来的花布，在赵师傅的手中似乎最终都能做成让母亲满意的结果。我与姐姐一起站在裁缝面前，虔诚而向往，最最期待新衣穿在身上的那一刻。

我十岁左右的时候，姐姐开始发育了，我听见她在与母亲争辩。

"我不喜欢这样，我想把短袖做成这样！""啥样？""我要大开领的！""你疯了吗？""我就要这样的！""你再说一遍！""我偏要这样的！""你看，还是小锐听话，什么也不要。""她懂个屁！"

母亲终究一次也没有如了姐姐的愿，姐姐开始变得讨厌裁缝进门了。我十一岁那年，她离家去南京上了中专，放假回来时，她总是让我眼睛一亮，我发现她的衣服竟是买的现成的，又漂亮又洋气。我慢慢有了这样的观点：大城市人一定都买现成的衣服穿，大城市人穿的衣服就是好！我将来也一定要成为大城市的人，我只是突然有点伤心，发觉我改变主意了，到了大城市我恐怕当不了裁缝了。

有一年冬天，母亲的姐姐寄来一块呢料，紫红色的，说是正好给我们姐妹俩各做一件呢大衣。从南京放假回家的姐姐突然很严肃地把我拉边上说话。

"小锐，你想不想穿漂亮的衣裳？""当然想。""我想把呢大衣做成小腰的式样，既漂亮又洋气。""好，我也想！""只怕妈妈不答应！""妈妈为什么不答应？""妈妈思想保守，没见过世面，又刚愎自用！""那怎么办？哎！什么叫刚愎自用？""说了你也不懂，反正我们俩要统一思想，否则这件事行不通。"

此时的我已经上了初中，身体已经发育。我曾多次幻想，能够像大城市的女人一样穿上漂亮的衣服，姐姐的话我当然赞成。

然而母亲坚决不答应，并派上了父亲，给我们上课。

"你们这是什么思想？小腰儿？为什么要小腰儿？""女孩子，一定要本本分分，这是基本的品质！""你们如此一意孤行下去，就是崇尚资本主义生活方式……""你们是我的女儿，我绝不允许……"

两天后，呢大衣穿上了身。宽宽松松的、肥肥的，像个旧时的袍子。父亲母亲直夸好看，我们俩低沉着脸，特别是姐姐，一言不发，一点也不高兴。

母亲永远不会想到，这件紫红色呢大衣，我与姐姐从没穿过一次。虽然没穿过一次，我却一直没有舍得扔掉，一直伴着我上了大学。因为料子好，沉沉的，厚实得很，冬天坐在教室里可以盖住膝盖取暖，夜里可以压在被子上御寒。这个结果倒是始料未及的，如同我没做成裁缝一样……

好像从那次后，裁缝赵师傅便再也没有进过门。早几年听说她在县城里开了服装店，帮她女儿开的，进的货全是上海时装，她的眼睛已经不好使了，但她依旧喜欢嘴里哼着小曲子。虽然从头到尾赵师傅没有做过几件让我喜欢的衣服，可我就喜欢那个感觉。每次都有梦想和等待，也都有兴奋和遗憾，这也许就是裁缝进门的感觉。

乡村马老师

马老师，白白净净的，一个五官端正无可挑剔的中年男子，是个农村中学的数学老师。他身材高大，老实巴交的，谦逊而温和，说像知识分子，差了点文气和才气，说像农民，又多了点书生气。第一次看见他时，我便是这个印象，那是二十七年前。

他是我先生的三姑父，三姑妈是个聪明能干没有文化的农村妇女。

"这是我三姑父马老师，民办教师，教数学的。"先生向我介绍，一脸的骄傲。我知道，马老师是他们家族中少有的有文化的人，备受尊重，所以值得全家族人骄傲。

"小红从小聪明，初二时便能做初三的数学中考试卷，而且是满分，小红是个好伢子！"他在夸先生，先生的小名叫小红。没说几句话，马老师的脸便涨得通红，我知道，他并不是个善于言辞的人，腼腆得很，这对于教师来说可不是优点。但他是个善于抓住重点的人，你看他首先向我展示先生的好来。

他有三个孩子，负担很重。从前除了在学校当教师，其余时间都回来帮助三姑妈做农活做家务。仅有这些是不够的，不知从何时起，三姑妈做起了小生意，贩起了种子，马老师其实是真正的幕后指挥。

据说，马老师是在近十年才老下来的，从前脸上没有皱纹，头上也没有白发，但如今他的笑从来都很勉强，那张饱经风霜的脸配上他渐驼的腰身，让人一看就知道他的日子不好过。他的衣服也总是简洁而低廉，三姑妈性格强势，他在三姑妈面前总是细声细语，生怕惹来三姑妈的大声训斥。他懦弱的一面让人心生怜悯和同情，他同时也是个勤劳而俭朴的人。

"他究竟数学教得咋样？"

"还行吧！"

"我看不咋的！"

"为什么？"

"他并不是只专心于他的教学，他专心于他的种子……"

我知道，也许我太武断了，因为我发现他的三个子女，数学都不出色，学习也并不都好，他难道会教好别人的孩子？

马老师最终还是让他的三个孩子都成了家，尽管只有一个孩子上了大学。孩子们在城里也都买了房子，为这，他很骄傲，谁都知道，他老婆靠卖种子卖发了财。据说他家卖出的种子种出的粮食都是高产，这在方圆几十里都是有名的。

"你如果掌握了（《西游记》）的写作方法，你就会有出息。"

"为什么？"

"《西游记》是四大名著。写各种妖怪写得多好！"

"啊！？"

"你不相信？可我一直喜欢《西游记》，我认为它是本好书。"

"我相信，你一定是高中毕业。"

"我是老高中毕业生。"

"你的语文是体育老师教的！"

先生说，你凭什么嘲笑别人？你自己没看几本书，三姑父他是对的！吴承恩是用神化的手法变相演绎我们这个社会。

马老师的话让我惊呆了，我没有想到从马老师的口中竟说出这样的文学语言。

我仔细地端详他来，眉毛早已泛白，腰板不再挺拔，笑容依旧严肃生硬。我得深刻检讨，我从来就没有瞧得起他，我才是一个孤陋寡闻而自以为是的人。

马老师说完低头沉思，想必又在计算，这一天他卖种子赚了多少钱吧！

"当年我的班在全县数学竞赛中荣获一等奖，跟着我由民办教师转成了公办教师！"马老师的话一说完，我满脸发烫起来，我知道我错了。

嫂子哭嫁

我嫂子那年嫁进门的时候,我五岁,大哥二十五岁。

大哥是我们整个家族同辈中的老大,是大伯的大儿子,也是跟着二伯学手艺的一个木匠。大哥没上几天学,力气很大,长得很敦实,个子不高,眼睛特明亮,满头的乌发。大哥见人就是憨笑,脸方方的,也总是红红的,像熟透了的"胜利白"山芋的外表,说话始终慢声慢语,即使什么事急了,也是先红到脖子,才开口。

大伯是生产队会计,走哪儿都手拿一只算盘,双手撇在身后。想必是生了八个孩子的缘故,那张脸始终展不开,似乎总在想着让家里老小顿顿吃饱的事情。特别在开饭的时候,他那张坚硬的脸上总是充满着忧郁。我常见烧饭的大锅里满满的山芋稀饭,大妈只让大伯和大哥碗里有米。

大哥要结婚了,看大人们在忙乎,听大人们在议论,我便盼望着这一天的到来,只是提到结婚,大哥的脸会更红。

大伯大妈把自己的房间腾出来,把大床油刷了一遍又一遍,那个漆的颜色有点暗红，却很深沉喜庆，满屋充满了油香，你会觉得这就是结婚的味道。

屋里摆满了宴席，除了一张桌子是自家的，其他都是借的隔壁邻居的，凳子也是。满屋是人，大人小孩，男女老少，热闹非凡。天气也不错，有阳光照进来，有年纪大的就在屋内的阳光下晒着，虽说是冬天，屋内却没有丝毫的冷意，那些桌上冒着热气的菜和汤已经亮瞎了所有人的眼，爱装斯文的人也控制不住去将碗里的鱼肉直往嘴里拖。

新房的窗户和门上贴了红双喜字，除了一张床，就是一个老式衣柜，是大哥自己打的，自己刷的。床上却是空荡荡的，还露着木板床板。

门外突然嘈杂热闹起来，噼里啪啦一阵阵的鞭炮炸响。"嫁妆到了！"有人放下筷子，出门张望，有人舍不得放下筷子，盯着碗不放。外面有人已经手捧大红大绿的嫁妆进了新房，新房里挤满了人，大部分是女人，在数着几条被子、几沓衣料……大妈从新被子里掏出了几块糖和几粒红枣塞到了我的手上。

新房里原先的空当都被嫁妆填满了，在床前，我还看见了一台缝纫机和一只大红油漆的圆形马桶。大哥咧着嘴在傻笑着，我不知道他的新娘是什么模样。

夜幕降临时，屋里喜宴照旧，每桌都有一只煤油灯在照着，我看见大哥坐立不安地来回走动。桌上的菜比中午多了几样，有喝酒的男人在划酒拳，声音一声高过一声，给昏暗的堂屋增添了喜气和活力。

跟白天一样，门外突然嘈杂乱哄起来，同时有鞭炮声，似乎比白天更响。

一群花姑娘进了新房，七八个，神神秘秘却很喜气洋洋，簇拥着，伴娘太多，你分不清谁是新娘。

突然从房间传来了放声大哭的声音，我挤进了新房。那张新铺好的新床上，伏趴着一位女子，身穿大红衣裳。她的身体随着她的哭声在起伏着，只是单纯的哭，并没有言语，哭声越来越小，又突然变大，就像那盏燃烧的煤油灯，扑闪着不灭的火焰。那个哭声中有的只是害羞和惊吓，还有就是无目的地在呼唤未来，畅想明天，你甚至可以理解为单纯的一个节目在表演。同来的姐妹很舒心坦然地笑着，漠然不顾床上新娘在哀哀哭泣。大哥在伴娘面前害羞地递糖果，打招呼，满意地看着床上哭泣的新娘，煤油灯映着那张脸，通红通红的……

外面堂屋依然热闹着，人们谈着新娘子的嫁妆，谈着新娘子的哭品、哭相，谈着桌上的酒，还没有喝够……大伯没有上桌，站在一旁，尴尬不安地笑着。他的手上并没有拿算盘，却在自言自语着，想必在算着每桌的人情钱和酒席的菜金。只有新娘哭声高起的时候，他才会轻松地放下所有的表情。唉！是啊，又多了一张嘴！

人散了，邻居们扛着各家的桌子回去了，新娘子的哭声也停了下来，夜色深远处，传来了狗叫声，连成一片，伴娘们离庄而去，嬉笑声在旷野中回荡。

四十七年过去了，嫂子已经有了孙子了，可她那一夜的哭声却一直留在我的脑海中，让我不解也让我回味。哭是这里的一种风俗，所以有人说是"喜哭"，"喜哭"预示着一个女人新的生命的开始，就像初生的婴儿来到这个世界的啼哭一样。向人们昭示着一种美好的未来和希望。我认为仅有这个理由就够了，所以如此看来，新娘子的哭比笑更让人温馨回味，哭着来的都要笑到最后……

二月二带姑娘

农历二月初二是个节日，到底是个什么节日我也比较含糊。在民间有"二月二，龙抬头"的谚语，表示春季来临，万物复苏，蛰龙开始活动，预示一年的农事活动即将开始。这大概是个与农作物有关的节令吧，可是，让我记住这一节日的却并非这些。

在我们老家，每逢二月初二，当母亲的总要带一下出嫁的姑娘回娘家，似乎这一天又称"姑娘回娘家节"。

母亲在每年的这一天，总要带上我的三个姑妈来一下我家。母亲虽不是长嫂，却因祖母与我们一家生活了三十多年，祖母在世的时候，三个姑妈总在这一天直奔我家而来，祖母走了后，这个习俗就一直沿袭下来至今没变。

三个姑妈都是农民，大的已经七十三岁，小的已经六十七岁，都没有上过学。虽然没有上过学，可都遗传了祖母的智慧和幽默风趣的基因。而且三个姑妈的出嫁都是在母亲嫁给父亲后，母亲和父亲一手操办的。所以三个姑妈与母亲的关系可想而知了，是一种依恋，一种关爱，一种难以言表的血肉之情。

父亲和母亲来扬州居住已经一年多，八十岁的母亲仍然坚持"二月二带姑娘"。这回把三个姑妈从泰兴带到了扬州，听说，昨天一大早她们仨就来了。

三个姑妈性格都外向，走哪儿都是笑声连天，从未看到过她们唉声叹气的样子。三个姑妈都很风趣幽默，你细听她们娓娓道来，能把身边发生的微不足道的小故事，讲成一个大笑话。在别人还没听懂时，她们自己已笑得直不起腰来了。姑妈们都能吃苦耐劳，从田里忙到家里，从天亮忙到天黑，跟祖母一样，从不知什么叫累。

大姑妈一场车祸被挖了一只眼球，成了唯一戴上眼镜的"知识分子"，说知识分子就像知识分子，出口成章，笑话连天。连父亲在一旁都点头称赞。她把诗人说成"大嫖客"，说"不嫖"哪来的才情，她把自己比成树上的叶子，说迟早要落在地上，融进泥土……

二姑妈一生从未生过孩子，四十五岁那年，二姑父在贵州打工，搞大了贵州女人的肚子，带回家一个儿子，骗说是花了一千块钱买来了。除了她自己，谁都知道那儿子是我姑父的，整个一个模子刻出来的，可谁都不会点破这不是秘密的秘密。毕竟二姑父已经不在了，二姑妈也快要抱上孙子了，她一直以为不能生育的是二姑父。

三姑妈的笑声最响亮，六十七岁的她，刚刚讲她去应聘某乡镇厂的车间工人。人家问她多大，她说比人家规定的五十五岁大一点，人家问她究竟大多少，她说就大三岁，人家要她拿出身份证，她笑得哈哈的，说就差一点点就聘上了，只可惜身份证没法做得了假。她的脸上虽然笑开了花，却是饱经风霜无奈地笑。一个女儿在南京打工，结了婚离了婚，扔下一个外孙，吃喝拉撒全是她，她却在笑着，一直笑着，我知道，她流泪的时候从不在人面前。

人生也许就是这样，不可能一直是平平坦坦、一帆风顺，可是不管如意不如意，我们都必须得笑着面对。

　　母亲在很早的时候，便给二姑妈买了养老保险，也不停地以各种方式资助着她们仨。我完全理解八十岁的母亲"二月二带姑娘"的深远含义，母亲希望三个姑妈永远有娘家可走，也希望三个姑妈永远年轻，更希望她们生活幸福，健康快乐。这同样也是我的希望，我希望每年的今天，都能听到三个姑妈的笑声和母亲的笑声，永远……

第二辑　岁月无痕

你是爬上我额头的藤蔓

1

他前后回来了十六天，今天送他走的时候我才开始数了他回来的天数。二十六岁了，这个数字在跟着我的年龄一起变大，我还记得他小时候的模样，趴在地上聚精会神地玩游戏，拼游戏画图，还有跟在我后面要吃的……那时候我很年轻，满头的黑发，一会长，一会儿又超级短，反正知道有得长，而且会无止境地长黑发，于是很放心地剪掉长辫子，也很放心他趴在地上玩。

儿子的干爹说，今年过年发现儿子长大成人了，我很想问得具体点，因为我一直在找他成熟的地方。除了满脸的络腮胡子，其他地方与小时候没什么两样。我曾在他上高中时，帮他挤过脸上的粉刺，一粒一粒的，像小米的模样。那时候，他就很坚强，忍住一声没吭，我知道一定很疼，那些米粒都是带着血迹裸露在我的眼前。

他除了胡子，脸上找不到成熟的标志，清秀而有轮廓的脸似乎与络腮胡子很不协调，他每天都用剃须刀修饰那些胡子，力求使人看不出来。越是这样，我越担心他会错过一些姑娘。

路上在说他的宿舍，将在几个月后搬回博士楼，先前与本科班的研究生同学住一个宿舍，虽然四个人，却很宽松，因为吃的和用的不分你我。这帮哥儿们将在这个暑假各奔东西了，有点舍不得，只剩下他一个人得回博士楼，再继续待两年。博士楼宿舍一人一间，也许很快会习惯，他不是一个很爱热闹的人。这话让我想起高三时，全班就他一个人不上晚自习，因为在教室里，总有人问他数学题，因为他的数学总考第一，而问他的总有女生。他觉得女生好笨。他便一个人回家上晚自习，然后，趁我们大人不在家，天天打开电视，了解国内国外的动静。

上了大学，而且是工科，我问他女生咋样？他答非所问：太用功！上了研究生、博士，我问他女生咋样？这回他答：没有几个好看的。

这次回来，感觉也许他真的长大了，听不到他的声音，更不再像小时候那样，把家里翻箱倒柜玩个遍。大概是有几个小学同学结婚的缘故，跟同学聚会回来告诉我的时候，我总隐约在他的眼神中寻到一丝渴望和焦虑。

路上他告诉我一定好好学习，争取按时博士毕业，我告诉他，人不可没志向，不可没毅力，更不可没恒心。他说这些道理都懂，要我不要瞎操心。

我已经记不得他哪一天开始发育的了，只知道是上小学六年级时，突然有一天，他回家上厕所，把厕所门反锁得紧紧的。等他出来，我问他为什么要反锁厕所门，他没有回答，只是看见他的脸一直红到了额头。他的额头很宽，眉骨前突着，这是他面部长相中最男人的地方，我喜欢从侧面去看他。

出门前，帮他找了半天的羊毛衫，结果一件也没找到，就像我如今去寻找他童年的玩具一样，当然这个比方不恰当。他坚持说放在了学校，还是穿着那件脏的走了。他长得太高，实在太帅，我忍不住抱了抱他，感觉他依然还像小时候，因为他没有拒绝我，嘴里在喊着妈妈、妈妈。

快到站台时，他告诉我，一个师兄博士告诉他，请女朋友吃饭，不必总是进高档饭店，进成了习惯，花钱多，她也记不住。可也不能总吃大排档，那样她会认为你抠门。正确的是，偶尔进一次高档的，既给了她惊喜，又让她永远记住……

我知道他什么话都愿意跟我讲，也知道他话并不多。小时候弹钢琴时总是挨我打，但他从不还手，也不还嘴……

晚上站台上人很多，九点十分的高铁，他已稳稳当当地在候车中了。他回头朝我笑了，并向我挥手。他挥手的笑脸随着火车远去，隐没在黑夜中了，我的双眼也在夜色中模糊。

2

儿子难得回来，尤其是上了博士后。大概是时间紧也大概是真正长大了有自己的事。父母对于他来说真不是摆设，空暇时偶尔瞟我一眼，我便不再寂寞，甚至心中甚是欢喜。抑或这是自然规律，我对我的父母也不过如此，我还有什么资格去要求我的儿子。其实，他做得比我好得多，事实上，从上大学开始，七年来，每天晚上九点准时一个电话便是最有力的证明。

这半年来他再也不伸手向我要钱了，我却陡然有了一种失落。大概人往往在行使责任时有成就感，而一旦改变会让人很不适应。我变得常常心中期待他问我要钱，从前没有过，现在和将来也许更不会有。

有一件事让我难过到现在，刚刚他离家，走之前告诉我他的牙缝里老是塞东西，我正躺在床上，我让他来到我的床边。他张大了嘴，我看见了一颗蛀牙，惊慌地，我喊出了声——"蛀牙"。

我是牙医，我觉得我不是个称职的母亲，即便我给了他一副好牙，却没有呵护好他。这是一种失职，更是一种失误。我教会了那么多人如何正确刷牙，如何正确保护牙齿，到头来，我的儿子嘴里居然有一颗蛀牙。

我已经想不起来我何时看过他的口腔了，我曾经向人炫耀我的儿子时，没有忘记炫耀他一口的好牙。这颗蛀牙挫败了我的自信。

儿子一向是听我话的，从小到大，风吹草动都要向我汇报，可那颗牙上蛀洞已经很大了，为什么到现在才告诉我？

那个黑洞成了我的心病，已在我的脑中留下了深深的烙印，并觉得阵阵浅浅的疼痛来袭我的心房。以我临床经验，它早就存在了，一定有了两个春秋。可我却没有理由去责怪儿子为何耽搁了这么久。我何时又去主动问过他？关心过他的牙？我大概是太疏忽了。我甚至还有一丝欣慰，刚刚他天真纯洁的目光中，我寻回了从前的感觉，那就是已经长大成人的儿子他依然需要我。

我突然想起我自己，我常常对父母报喜不报忧，于是父母老觉得我在疏远他们，以为我把他们当成了摆设。也许向他们倾诉会让他们提升存在感和幸福感，这大概是另一种形式的孝顺。我想我其实并没有扯远，我如今扮演着双重的角色，为人儿女，为人父母，而前者远没有后者用心，想起来有些愧疚。

答应儿子下周回来补洞，有些功课做得早一定能弥补，有些即使早也没有用。我期待那个黑洞早日消失。

刚刚他穿了一件浅色长外套，很帅气，一定是他自己买的。他似乎在某一天的电话中告诉过我，就像他刚刚说的，很久之前在电话里告诉我他塞牙，我却轻描淡写地说没事……我忘了，我只能为自己进行无效辩护，结果便是耽搁下了一个黑洞。

3

二十五年前的夜里十一点，我开始阵痛，我想那是产前必须经历的痛，我得忍着。同产房有个女人，叫喊声一波高过一波，护士当着我的面朝她说：就你一个人疼，你看看，人家孔医生，一声都没吭，多好的养品。

就冲这句话，我得忍着，第一次听说"养品"这个词，不仅新鲜而且滑稽好笑，既然有人表扬我了，在一阵高过一阵的疼痛中，我得咬紧牙，我必须忍着不出声。

我的五脏六腑在翻江倒海，那个大声叫喊的女人一定比我还疼，我也知道，我得做好养品的表率。

可是不疼的时候几乎没有，我忍不住想叫喊，可又不好意思叫喊，我开始恨那位夸我养品好的护士了。她用一句话堵住了我的嘴，让我没了退路，叫不出声来。

夜已经很深了，我疼得昏天黑地。

值班护士从我身边走过时，我拉住她，问她这疼还要疼多久？会不会继续加重？她朝我笑笑，笑而不答。

我在两个人的世界里默默承受着一个人的疼痛，我用意念在抵制疼痛的来袭。这样的疼痛就像海浪扑岸，上来后又很快退潮而去，接着又来一次扑岸；又像站在路边聆听远处疾驶而来的列车从我身边呼啸而过，瞬间又消失在了远方，然后重复下一列火车的到来。

凌晨四点，助产师查房，告诉那个仍然高叫的女人，你宫口开了三指了。接着跟我检查，说道：你才开了一指，耐心地等着疼吧！我知道，我其实不如那个女人，我早就想叫喊了。

熬到天亮，病房开始忙碌起来。护士、助产师和医生都来看了我，而且都表扬了我，可我却再也忍不住了，也不想再忍了。我根本不需要她们的表扬，我需要喊叫，大声地喊叫，否则我将憋死。看着窗外有阳光照射进来，明亮而有生机，我陡然感觉上天早已赋予我叫喊的权利，我为什么不喊？我装什么清高？哎哟，哎哟……声音浑厚有力，穿越了走廊和楼道，有人说在五楼就听见了我在二楼产房的女高音了，有磁性，有感染力和号召力，那是迎接新生命的前奏曲，必然很美。想到腹中的孩子，我一下子安静下来。

正式交接班时，我已经疼得没有了力气。先生一直陪着我，我知道，这一夜，他也没闭上一眼。

白班的医生到了，全是我熟悉的。有医生问我：你是自己生还是剖腹产？我闭着眼睛问：什么意思？医生说：这小孩不小，你可以选择剖腹产。我问：大约几斤？医生说：大约七斤。我说：我已经疼了一夜了，七斤重，我还是自己生吧！疼已经疼了，我宁可疼也不愿再挨一刀了。

进产房吧！白班医生检查完，说我已经开了五指了。我被推进了产房。巧得很，那个会叫的女人就在我的左边产床上。我们相互对视，仿佛一个战壕里的战士，可目光里有很多说不清的东西，搞不懂究竟谁是我们的敌人。她依然在叫喊着，我当然也在叫喊着，难得两人有同时停下来的时候，我突然想笑了，因为我们彼此都很狼狈。喝点桂圆汤吧，护士为我送来了一杯水，我知道那是一个月前就剥好的桂圆肉，在饭锅上蒸了整整一个月，为的就是今天，喝下去有力气。

疼痛到达极限时，也许已经不是疼痛而是状态，我无法搞明白，为什么生命的降临非要经历如此的折磨和痛苦。我突然想到了母亲，母亲生我的时候，一定也是这样的境地，我陡然有了另一种疼痛，是为母亲的。

刚刚的桂圆汤似乎并没有发挥任何作用，已不再是阵痛，而是持续性疼痛。我偶尔转头看那个女人，我们无心四目相对，我只是从她的身上看见了我自己。

当疼痛持续时，我突然想到了死。我会不会死去？死可以，但前提必须是要让我的孩子先生下来。

枕横位，这是今天我听到的最糟糕的三个字。我之前读过妇产学，我知道这三个字的可怕，它意味着难产，意味着更大的恐惧甚至是死亡的到来。

左边的女人正痛苦地挣扎着，嗓子已经哑了，虽然胎位正常，却也无法临盆，如此便与我共了患难，可见得我们的缘分非同一般。

我听见先生与我姐姐在产房外的争吵声，似乎在慌乱急切地议论什么。此刻我并不知道姐姐正发了疯地去找妇产科的老主任了，因为是枕横位。

医生护士们忙开了，空气似乎凝固起来。一切都在进行中，我在半昏迷中，忍受着顶天的疼痛，我几乎认为我即将死去。当老主任伸手将孩子的头拨正，再用产钳拖出孩子时，我整个人一下子全瘫了，泡在了汗水和羊水中。

一股血腥和乳香的味道，撩拨着我的双眼，有如一轮初升的朝霞喷薄而来，映照了我的全身，把我整个魂都吸了过去。我迷迷糊糊地睁开眼睛，看见了老主任手中的婴儿。一个倒挂的男婴在她的手上，白里透红，粉粉的，肉肉的，她在轻轻地拍打婴儿的屁股，先听见啪啪啪的声音，后听见了哇哇哇轻柔而缠绵的啼哭声，亲切动人温暖而美好，声音中又有一种坚强和勇敢充满了每个瞬间，仿佛一头倔强的小羊刚被主人牵回了家。

"恭喜你，是个儿子！"同时有人手捧着一个小人，来到了我的面前。我努力睁大眼睛，看清了这个刚刚来到世上的我的宝贝，此刻，我并没有立刻把他与我联系在一起。这个熟悉而陌生的小家伙就是我的儿子吗？我也并不清楚，从此他将成为我永远的牵挂和骄傲。隔壁的孩子也落地了，是个女婴，上的也是产钳，这真的就是天意。女婴五斤八两，我的儿子，八斤五两。

经历了十几个小时的疼痛，为的就是让刻骨铭心的记忆成为永恒，让我在生与死的交错中寻找生命的价值。作为女人，这是一生的财富。

4

儿子从外面刚进家门，直喊"我回来了，我回来了！"情绪饱满，声音有力，想必在外面与高中同学一定又是海吃胡喝了一番。

"娘，如何安慰一个失恋的人？"儿子突然问我。儿子的话让我很兴奋，他总算开窍了，即使失恋了，也是件值得高兴的事。我慢慢地走向他，"儿啊，是你吗？你干吗失了恋才告诉娘啊？"我伸出手摸了摸他的脸，一是看看他的脑袋瓜子有没有发热，二是看看他瘦了没有。没发热，额头冰凉冰凉的。刚刚他说的话可以正式成立；二是确实瘦了，那是在健身房里撸铁的结果，据说一周四到五次。所以基本排除失恋与他有关。

"妈，你说什么啊？"儿子急了，推开了我的手。"真不是你吗？""真不是我！""真不是你就要看谁蹬的谁了？"我补充道，既然与我儿子无关，我也就可以轻松地回答他的问题。

"娘，我们宿舍的那个小子，你不认识！"儿子答道。我当然不认识，自从上了研究生，他宿舍我压根儿就没有去过。

"是女生蹬的他。娘！"我居然看到我儿子眼里有泪花。哎，真是没出息的东西，皇帝不急太监急，你操的是哪门子心？可一想到我养的这东西还挺义气的，哥儿们义气的那种，心里不免又有点心疼他了。

"来，告诉娘，你除了陪他喝猫尿，你还对他说了些什么？"我很想听听儿子对失恋的看法，人的成长过程少不了感情的挫折，但失恋往往是最重的挫折。

"娘，我让他一定要振作，人的一生有很多事要做，停留在儿女情长的纠结上，人一定会没什么出息的。第二点，好女孩有的是，一定会找得到。第三，要树立强大的自信。"儿子一套一套的，我知道，他从没有谈过恋爱，失恋也绝对没有经历过，可他却愿意跟同学一起分担承受这样的痛苦。

"为什么要树立强大的自信？"我问道，儿子似乎很强调这一点。

"娘，他屡战屡败，屡败屡战，我都快替他打抱不平了，真想出手相救一把了。"儿子很认真。

"儿子，真是娘的好儿子，更是个好哥儿们，可这样的事最好别插手，到时候被哥儿们打了都不知为的是哪桩。"我笑了，笑我的儿子的单纯，单纯到了除了在分担别人的失恋痛苦外还想打抱不平。告诉娘，这样的好品行，是遗传了你娘的，还是你爹的？

"只愿得一人，白首不分离……"我听见儿子在洗澡间传来的歌声。我知道，这会儿他是一个快乐的人，他还没有学会接受感情上的痛苦和失败，只是停留在分析别人的痛苦上。在他的人生经历中，恋爱还没有正式开始。我希望他一帆风顺，又很希望他能获得更多更丰富的人生经历和经验，这常常是一个充满矛盾的愿望，有朝一日，他定会理解为娘的心的。

夜已经深了，晚安吧！但愿这个世界没人失恋过！

5

原是我的儿子，今年二十三岁。

想到他我就想笑，因为我知道这回他是真的长大了。

小时候就很懂事，两岁时突发高烧四十度，高热惊厥了，幼儿园老师吓得赶紧送他到了病房。得到消息，第一时间，我从门诊飞速赶往病房。没想到，他见到我第一句话竟是：男子汉大丈夫，勇敢点！我当场就泪奔了，一把抱起他蜡黄的小脸仔细端详，怎么看总觉得刚刚那句话不是从两岁的儿子嘴里说出来的。

原从两岁时就跟着我上夜班，常常深更半夜我被护士喊进了手术室，一两个小时后才回来。回来时，会看见他安静地躺着，扑闪着大眼睛。看见我时，自言自语道："妈妈上班！"我立马被他的话感动了，紧紧抱住他，然后开始流泪……这小东西，居然一个人醒在床上，我欠了他的了。

原五六岁时，我与先生时常在半夜吵架，他会赤着脚从床上爬起来，抽泣着，一手拉着先生的手一手拉着我的手。然后让先生的手来拉我的手，边哭边说着："你们两个人合好，你们两个人合好！"我与先生会相视而笑，觉得我们两个大人都不如儿子成熟。可为什么这小子总能在夜间惊醒？

原过十岁生日的时候，我给他穿上了小西装，依然一个小大人的样子。他很大方地一个人去给每一桌的客人敬酒。我跟在他后面，仔细听他给每一桌说的话居然不一样，回过头来还不忘给我敬酒，说："妈妈，你才是最辛苦的人！"我听得哭了。

原考运不好，三次模拟考试一直全年级前三十名的他，中考竟差了二分上省扬中，我的情绪一下子低落下来。原却对我说了这样一句话：人生的路很长，一两次考试并不能代表什么，我现在唯一能做的就是振奋精神，不懈地去努力。我听了只觉得惭愧极了，原本这句话该是我对他说才是，他的压力其实比我还大，可是他却比我成熟。不，不仅仅是成熟，是理智和心怀宽广。听完他的话后，我的心情一下子轻松了。

原高中成绩一直班级第一，可回来从来不告诉我考了第一，并且关照我不许去随便告诉别人，说这些成绩都只是代表过去，也没有多大的意义，还说即使高考考好了或者考差了都不要去高兴或埋怨，向前努力做好每一步才是最重要的。

原终于如愿以偿地上了东南大学，学了我给他选择的专业。

从上大学的第一天起，我就再也没有给他洗过一件衣服，哪怕是一双袜子。他对我说："妈妈，我成年了，自己的事情该自己做。"我知道，我的儿子不仅仅是懂事，而且还勤劳。

四年来，几乎每天晚上九点，我都会准时接到他的电话，偶尔因为上课或做实验，他都会发条信息告诉我几点可以与我通话。我周围的同事和朋友没有谁不羡慕我的，我知道，原养成这样的习惯缘于他的善良、孝顺、诚实和守信，另外还有毅力。而这一切又来自于他内心的爱，对父母的爱和责任。

原刚刚上研究生才四天，我依然每天晚上九点准时接到他的电话，他刚刚告诉我几个同学在听导师上课，而他的手机快没电了，等下课回宿舍充了电再电话与我。我很想告诉他，没事今后就别再打电话了，我怕他会觉得给我打电话会成了一种负担了？我怕他因为每天想到打电话给我而耽误他的学业，可我终究没有对他说出口，因为儿子的这种行为，正是普天下的父母都想得到的回报，是子女的一种反哺，我想我不能失去，我想永远拥有。

想到这儿，我真的惭愧起来，因为我已经很久不给我的父亲母亲打电话了，每次接到母亲电话时，总要听她在电话里"唠叨"半天，我甚至还有些不耐烦了。我是不是应该好好检讨检讨自己了，我也太不懂事了，居然有一次对电话那头的母亲发起了牢骚，就差对她说："没事别打电话给我。"

如此下去既愧疚于儿子又失敬于父母。我的儿子原比我成熟懂事多了，我做得远远不如儿子，我得改正错误向他学习才是。

人的品性我以为大部分是遗传而得，与生俱来，所以我该庆幸有原这样的儿子。原的善良和慈悲将永远流淌在他的血液里，并将用来应对人生的一切挫折、困惑和磨难，相信这一切终将成为他人生的财富。

其实，我只要他幸福和快乐，其他都不重要。

父亲认错

1

父亲就是父亲，从来不曾向谁认过错，从年轻时就养成的脾气，谁也奈何不了他，在他的世界里，他便是最晴的天，最高的点，最好的酒，最有理的蛮横。

有人问他，你最崇拜谁，他立马温顺得像个虔诚的教徒，当然他没有宗教信仰，他这辈子最欣赏最佩服的就是文化人，他能说出他佩服的很多历史文化名人，王安石、苏东坡、老子、庄子、鲁迅，还有王羲之，他能熟读《资治通鉴》《二十四史》……你有时看见他手上拿着一本季羡林杂文集，书上密密麻麻地画了很多重要的线条和心得评论，他会跟你说，这些人啊，都是有学问的人啊！他们的文章，百看不厌啊！

父亲八十二岁了，年轻时最初是中学教师，后来改行当了干部。至今我不知道当时他的真实想法，为什么要改行？既然改了行，为什么不顺应潮流？在我看来，他虽然是个清官，却不适合干这个行当。他太清高太正直，他无法附庸风雅，更无法忍受世俗的喧嚣，于是他常常愤慨现实而刚正不阿，从少年不得志到老年不得志，为官几十年，也没能学会官场的一套，真是枉此生为官一场，这当然是我想说的话。用他的话说，不为权贵折腰，甘愿一生清贫。

扯得远了点，开头说的是他不曾向任何人认错，还是回到这个话题上。父亲是家中七个兄弟姐妹中唯一靠念书有出息的儿子，而且还当了干部，自然兄弟姐妹甚至父母都当他的话是最高指示，谁也不敢违背，除非永远不想见他。除了因为他是家中的权威，更因为实践证明他的话都是对的。比如，谁家孩子上什么学，适合什么工作，谁家孩子谈什么对象，该不该结婚，当然，这些都是现成的事，只需他拿个主意便可，因为他是家中的有识之士，有时还能助别人一臂之力。大部分情况下，他的判断是正确的，更何况他喜欢成人之美，绝对不会乱打鸳鸯，这个世上坏人毕竟不多，于是，父亲在家族中往往一言九鼎，谁也不敢违抗。这样几十年下来，他便是无冕之王，自然养成了不认错的习惯。

父亲常常遗憾，只生了两个女儿，没能生到儿子。这当然是他的心里话，虽然从未说出口，但我能意会得到。而两个女儿恰恰都不像他，不是长得像不像，而是不像他爱学习，他说我与我姐都是螺丝屁股没法坐下来，他能一天学习十几个小时，他也不想想，一天十几个小时，谁会有这样的时间和毅力？

自从过了八十岁生日，我发现父亲越来越任性，常常不辨是非批评我，大概因为我是他亲生的，跟他脾气一样，不仅敢跟他顶嘴，而且还敢跟他胡闹。其实我有些话不忍说出口怕伤了他，顶他的话也都是最轻的话，把重的话留在了我的心里，宁可伤了我自己。就最轻的话在他看来已是对他的大不敬了，他于是变本加厉地批评我，结果，我便开始哭闹。没想到，我们父女俩是一个模式，老了以后的父亲学我了，我哭闹，父亲居然也哭闹，看着八十多岁的父亲像个受了委屈的孩子一样，我心肠一下子软了下来，我停止哭声，说，爸爸，我错了！没有想到的是，父亲也停止了哭声，对我说，不，是我错了！我惊呆了，长这么大，何时听见父亲说过这几个字过？我知道，是我逼他认的错，他不舍我的哭泣，不舍我伤心难过，才肯低头认错。而此时，我糊涂了，我不知道，究竟是谁错了？

前天父亲要我开车陪他去一下老家办事，这是我俩刚刚相互认错后的第一次独处，我看到父亲的面容里有腼腆也有尴尬，我连忙跟他谈他最爱的话题——看书。他的神情开始自然放松起来，满脸的自信和骄傲，他让我要多看书才能写出好文章，他让我要多背古诗词才能成为别人瞧得起的文化人。说着他背了起来："嗟夫！予尝求古仁人之心，或异二者之为，何哉？不以物喜，不以己悲；居庙堂之高则忧其民；处江湖之远则忧其君。是进亦忧，退亦忧。然则何时而乐耶？其必曰：'先天下之忧而忧，后天下之乐而乐'。噫！微斯人，吾谁与归？"看着他微闭着眼，摇着头，沉醉其中，我不禁心生敬佩之情，惭愧之至。他突然问我，这是哪一段？是谁写的？我想了半天才说出是《岳阳楼记》，可作者怎么也想不起来。父亲说，还有很多的千古佳句，我已经给你列好了清单，你必须要熟背，否则会成为别人的笑柄……

开车的路上，父亲接到母亲的电话，电话是免提的，我听得清清楚楚。母亲说，你别跟小锐说话，别惹她发毛，让她集中注意力开车。父亲回答，放心，只说无关紧要的话，不会让她发毛。开车回来的路上，母亲又来电话，开夜车小心，你要跟小锐说说话，免得她打瞌睡。父亲回答，放心吧！我们谈得很和谐，在轻松友好的气氛中，继续我们的交谈……母亲说，小锐还不是跟你一样的脾气，你自己生的，好的坏的都是你的！父亲半天没有回答母亲，我感觉他在哽咽，我其实也在哽咽……

"树欲静而风不止，子欲养而亲不待"，我终于会用文化人的话告诫自己了，父亲并不知道，我在背后有多尊敬他，我心中有多么地爱他。不过，我还想告诉他，要是放开了跟他吵架，我是能赢的，只是永远不想让他知道这个秘密，因为他是最晴的天，最高的点，最美的酒，最有理的蛮横！

2

从去年开春的时候起，便听说父亲在写自传了。我深知父亲是个严谨而认真的人，他想做的事情谁也无法阻止，就像前年他出版的《资治通鉴难字词解释》一书一样，除非他自动放弃。当然，写自传一可以修身养性，二可以自我陶冶，三可以让我们儿女受益。所以我们全都在默默支持着他。

每次回家，一进家门，我总会大声呼喊爸爸妈妈，不管是什么时间段，我都会听见父亲从书房里传来的应答声"哎"。我知道，父亲每天的读书时间是十小时以上，他就是个"书呆子"。我曾悄悄地走过去，看见父亲总在伏案疾书，看见他的大作密密麻麻地写在一张又一张纸上，父亲的脸是严肃的，他不希望被打扰，想必他正沉浸在他所追忆的岁月中。

父亲的字很漂亮，俊逸而流畅，那曾经是我中学阶段的字帖，只可惜我没有学到父亲的精髓，我随意而潦草，任性而自由。几十年前，父亲看我字的时候就摇头叹息过，唉！两个姑娘，没有一个传我的种，坐不住、沉不住，总是这样地浅尝辄止……我知道，父亲的叹息声不仅仅是对我的字的失望，更是对我不爱学习、不勤奋的一种担忧。

父亲密密麻麻的纸张一天天堆垒起来，我却从来没有真正拿起来看过。一是父亲仍在创作中不便打扰，二是我想一口气读完才尽性。我常常一进门便问母亲，父亲大作有否完成？我是等得急了。父亲有一次曾自言自语，本想一万字结束的，这下怎么办，要往五万字上走了……我暗自偷笑，心想，哪有自传一万字就能写完的，反正写已经写了，写得越多是我们儿女越大的福分！

母亲有一次告诉我，父亲在写作过程中曾号啕大哭过数次。我听了并不惊讶，我知道父亲是个善良的人，也是一个多情的人。老了老了，大概号啕大哭的方式对他是发泄内心疼痛的方式。母亲说，父亲是写到伤心动容处才拿出了他的绝招。比如小时候，家里穷，只能供养一个孩子上学，而我二伯天资也很不错，两人扔铜板，结果父亲赢了，二伯去学了木匠。比如，爷爷被国民党抓进牢房，受尽了各种刑罚，出来不久便双目失明，瘫痪在床。比如，父亲被冤枉成反革命分子，被关了整整三个月，他始终想不通，哪点做错了，为什么被冤枉？……

父亲虽然是个爱哭的人，但从不在外人面前哭，他总是一个人关起门来，像是在酝酿更好的下文。他是哭给自己听的，是自己对自己的否定和肯定。刚哭完的父亲，常常像个孩子，见到我们时，有点羞涩和紧张，有点调皮和可爱。即使这样，父亲高大正直的形象在我心中就从来没有改变过。

我终于一口气读完了父亲六万字的自传：《我就是这样的一个人》，看见了他的标题，我就想起了一首歌曲，歌颂周总理的《你就是这样的人》。虽然父亲不能与周总理同日而语，可这个世界上，他就是我心目中的神。一个普通的劳动者，一个爱党敬业的好干部，一个善良正直品德高尚的男人，一个孝敬父母贤良厚道的儿子，一个忠于爱情和家庭的丈夫，一个疼爱子女尽心尽力的父亲……就这样的一个人，神也不如他！

我含着泪读完父亲的自传，一次又一次地泣不成声，感动的同时有骄傲，骄傲的同时是崇拜。接着，我想对父亲说七个字，我想让全世界的人都听见，那就是，父亲我永远爱你！

母亲因为意外受伤，肋骨断了两根，连起居都有了困难，不要说还要照顾我的父亲了。

这些天我回家勤了些，一是为了多看看多陪陪受伤的母亲，骨折后，母亲几乎是每天二十四小时疼痛。作为医生的我，去了就是一种安慰。二是去做一些父亲做不了的事情，比如，买菜啦，烧菜啦。三是想在这样特殊的日子里，给父亲母亲排除痛苦和寂寞，增添一点快乐。

父亲快八十岁了，当初虽不是什么高官，但也算"从政"三十多年，做过公社书记、工商局局长、师范学校校长、市委（县级市）常委……父亲几乎全身心扑在工作上。母亲一直以最大的牺牲支持父亲的工作，照顾着父亲的生活，可以说父亲捧起饭碗就吃饭，拿起衣服就穿上，套上鞋子就迈步。父亲几乎在家成了油瓶倒了都不会扶的人了，当然说这样的话有些夸张了，我只想表达"父亲不干活"这种现象产生的原因。原因其实很简单，一是母亲为了让他能够全身心投入工作，二是母亲太"惯"父亲了。而父亲在当地能有今天的口碑与母亲的悉心操劳是分不开的。

今天一进门，母亲就开始唠叨了。

"你爸爸去超市买生姜，拿起一块生姜就直接到出口处交钱，人家收银的姑娘问他，为什么不去过秤，他居然问人家为什么手续要这么繁琐，姑娘终于笑他了：你老先生从没买过菜吧！"

"你爸爸天天闹着要帮我洗头、洗澡，我不让，他居然生气了。"

"我睡在床上嫌床板太硬，晚上就躺客厅的沙发上，你爸爸这几天天天陪我睡沙发，一个晚上起来很多次，看见我翻身，就问我疼不疼……"

"你爸爸昨天下午剥了一下午的花生米，说今天下午由他来炒，给你们姐妹俩每人一份带回家。"

这还是我的父亲？一个曾经在我眼里只会工作的父亲，一个曾经意气风发、谈笑风生、幽默诙谐的父亲，一个不会去扶油瓶的父亲居然今天跑到超市成功地买回了生姜。

开饭了，父亲给我们每个人的面前发了一张废用的旧报纸，我不解地问是啥意思？母亲说父亲搞了"承包责任制"了。饭桌上的卫生归他管，为了方便打理桌面，他告诫我们每个人把鱼卡、骨头放在废纸上，这样的话，最后总结卫生比较方便。我听了忍不住哈哈哈地大笑起来，我的笑有几层意思。一是几天不见父亲母亲的二人世界竟多了这样有趣的"政治制度"，二是大智慧的父亲把聪明发挥得如此淋漓尽致，三是我可爱的父亲，我真的很爱他，我愿意笑着配合他定的规矩。

我真的是一个非常幸福的女人，因为有父母在，我还可以永远做一个幸福的孩子。

4

父亲是个老师范毕业生，小时候读过私塾，语言文字功底扎实，年轻时靠文字起家，后来从了政。当然，最初的他是名中学数学教师，后因他聪明勤奋，好学上进，还能写写东西，才被上级看中。长相俊朗的他摇着笔杆子一路走来，曾被誉为当地"四大才子"之一。父亲的文章处处彰显文化人的底蕴和内涵，从用词造句到修辞手法，从古典诗词到典故引用，都让我望尘莫及、自愧不知。

小时候，不求上进的我带着我的作文，时常躲着他。一是怕他骂我写得差，二是怕他看了会笑话我，三是怕他逼我去重写。他因为工作忙，嘴里骂我几声没出息之后也便放任了我。这三怕足见得我是多么地没出息，同时也反映了我机智而懒惰的天性，更多的是父亲放养我的决心。很庆幸，终究没让我的父亲见到我中学阶段的任一篇拙作，我便上了大学。

父亲一直把会写文章的人定义为有出息的人，与父亲的生分可以看出我就是个没出息的人。对于写作，我以为我没有遗传他半点基因，我也就没有了任何愧疚和压力，同时我没有得到过他半点帮助，他也就没有任何理由来批评我。可是就在去年的某一天，去泰国旅游的时候，我突然脑洞大开。第一次出远门怕父母为我担心，破天荒动手写了泰国旅游所见所闻，每天通过短信向父亲汇报，我也同时在微信朋友圈发表。有人说，那简直是一篇漂亮的游记，我有点沾沾自喜。

对于别人的夸奖我不以为然，令我兴奋的是父亲对我的短信开始说话了。他说我的文字清新脱俗，他说我的文章充满了真情实感，他说我构思精巧，他还说，没见过二姑娘读过什么书，没想到会写这么好的文章。父亲的表扬，消除了我们父女之间很多年的隔阂，这是迟来的道白，我一下子原谅了他，哪怕是故意夸我，我也开心，我相信父亲从此不会再说我是个没有出息的人了。

受到表扬的我来了兴致，一发不可收了，见什么就写什么。特别容易冲动，也特别容易满足。只要得到父亲的赞美就心花怒放，我也不管父亲是真夸还是假夸。

因为每天是通过短信发送文章给父亲，或许是篇幅较长，或许是每天重复的信息量太大，联通公司罢工了，停了我短信发射功能。这下难为父亲了，父亲依然像王一样，昂首挺胸地等待检阅自己的军队。

等待是寂寞的，父亲有点不耐烦了，像热锅上的蚂蚁，急了，二姑娘似乎成了他的"最爱"，他担心我是在故意冷落他，他开始伤心了。等待又是空虚的，他打来电话开始发火了，大声责备我为什么不发文章给他？我告诉他是联通公司的问题，如果能上微信就能解决一切问题了。

"好主意啊！"

"有了微信，没人敢限制你看！"

"太好了，你早该上了！"

"爷爷，爷爷，我这就帮你上！"这最后一句竟是从我儿子嘴里说出来的，这小子心灵手巧，一眨眼睛的功夫给父亲搞定了微信。

儿子耐心地教着父亲，父亲在虚心地学着微信。

"我只要知道如何看到二姑娘文章就行了……"父亲容不了儿子的"喋喋不休"，早就不耐烦了。我在偷偷地笑，他早就忘了当初我是怎么躲着他的，他是怎么骂我没出息的。

父亲终于看见了"孔二小姐"，原来虚拟的网络世界里，二姑娘竟是"孔二小姐"。他知道孔二小姐有典故，紧张地问我，你怎敢称自己是孔二小姐？我弱弱地说，因为是你养的……父亲听了，哈哈大笑起来。

八十岁的父亲，终于为孔二小姐登上了微信。二姑娘我将永远站在阳光下，享受父亲目光中的慈爱，接受父亲慈爱中的严厉，在温馨和甜美中，永远书写着这个美好的世界，永远祝福所有热爱我的人和我爱的人，你，你，还有你……

瞎子爷爷

1

从来没有写过我的爷爷,从有记忆的时候,就知道他是个瞎老头,在乡野里,挂着竹竿蹒跚而行的穿着长衫的瞎老头。

爷爷在我没出世前便与奶奶分开过了,农村的分家式的赡养让奶奶和几个姑姑跟了我们家,爷爷跟了大伯和二伯家过日子。

大伯和二伯是地地道道的农民,每顿把最干的饭最好的菜先端到爷爷的床前。

他这辈子没有见过我的模样,可他却能听出是我的声音,他睡觉的床是在二叔家的堂屋中间,黑黑的蚊帐总在前门后门串风时飘逸起来,床后有扣养的两只山羊,满屋是青草和羊膻的混合味道,还有山羊"咩咩"的叫声,刚刚懂事的我知道这是一种和谐,也是一种习惯。

爷爷曾经是个地下党,据说爷爷的腿是当年在国民党的牢房里坐

"老虎凳"受伤的，爷爷眼睛也是那时候被弄瞎的。冬天，他便不能像夏天一样移动，总看见他坐在床头破被里，手里捧着一把铜质的取暖壶，低着头在沉思。想他走过的革命道路，想他完成和未完成的革命任务，想他的那些先他而去的战友，想他今后再也没路可走……我听见他一声声的叹息声，伴着他的咳嗽声。白天后门总是紧锁着，防止北风袭来，堂屋里便一直是昏暗的，只有夜晚，在床前的小桌上，点上一盏煤油灯，只是爷爷他永远不知道，他床前的那盏灯是为送晚饭的人而点的。

"是小锐来了吗？""爷爷是我。""你妈是个好人，你奶奶脾气不好，让你妈多担待些。""奶奶是好人……"

我不同意爷爷的话，我知道他们都是好人。虽然我隐隐约约地知道奶奶一直在怄着爷爷的气，为年轻时爷爷外面的女人，可奶奶也总是把最好吃的留给爷爷。

爷爷走的那年，我上小学三年级，早已离开了故乡，离开了那个偏僻贫穷而困苦的村庄，大伯二伯为了完成爷爷的夙愿，悄悄地土葬了爷爷后才通知了父亲，父亲没能见上他父亲的最后一面，成了他终身的遗憾。从此，那顶在风中飘逸的黑蚊帐成了我脑中永恒的记忆，还有羊的"咩咩"叫声，爷爷一定不孤独。

"被抓进去的那天夜里，月亮很大很亮，我与你大伯和大姑，推着油车，挑着米担，去泰州牢房换你爷爷的命，路上静悄悄的，没有人……没想到，这帮坏蛋，拿了东西，根本不肯放人……"奶奶重复着有关爷爷的故事，一年又一年……

村庄如今崭新了，爷爷奶奶的坟垛上，每年春天也总开满了油菜花。我相信，他的眼睛一定看见了，他也一定知道了我的模样。

2

"你的《我的爷爷》我看过了，不全面、不生动！"我过节回老家，遇见了堂姐小红。

"那你告诉我，爷爷究竟是个什么样的人？"

我知道我爷爷一直生活在我二伯小红家。

"我来告诉你！"

爷爷眼睛真是瞎的，他总问我们，怎么总是黑夜，天究竟什么时候才亮？没人回答他的疑问，我爸爸默默地递给了他一根木头拐杖。

"爹，拿着它，给你指个方向！"

他举起拐杖，奋力挥舞，落在地上、墙上还有我爸爸的身上。

"我就是个瞎老头，我就是个瞎老头了？……"

爷爷更不想走路了，除了坐在床上，就是坐在那张我爸爸为他特制的大凳上。我爸爸是个木匠，给爷爷做的大凳又宽又厚实，除了坐满爷爷的屁股，爷爷还可以把一只脚宽松地跷在大凳上。"从前，我当地下党的时候，有一天，我接到通知……"

"秦叔宝幼年父亲便惨遭杀害，目睹隋兵欺压百姓，立志行侠仗义……"

"尤二姐被凤姐逼得吞金自杀。尤三姐因柳湘莲毁约而手捧鸳鸯剑自杀……"

爷爷在晃着脑袋低着头，我们几个围站在他身边，才发现他是个有满肚子故事的人，从前怎么就没发现过？

突然有一天，爷爷放屁变得困难起来，常常脚跷老高，用力地放，屁声响亮有力。有时半天听不到声音，看他憋得满脸通红嘴里骂自己无用，说自己连屁都放不出来了。

我们姐妹几个负责每天给他送饭，我妈每顿把最好的先捞出来让我们给他送去。除了送饭我们每天轮着帮他倒尿桶粪桶。他变得喜欢骂人，但从来不骂我妈。

奶奶的屋在西边，奶奶早与他分开过了。眼睛没瞎时，奶奶就不怎么理他，怪他年轻时外面有女人，回来还要动手打她。

有一天爷爷在喊："来，小红，带我去看一看你奶奶！"

我走在他的前面，沿着那条小路，拉着他的拐杖，他跟着我，去找奶奶。

奶奶正在小屋前忙着，看到我们来了，一句话不说，使劲地拼命地朝我摇手。我立刻明白了奶奶的意思，奶奶她不想见爷爷。

"爷爷，我们回家吧，奶奶她不在家！"

爷爷突然抽回手中的拐杖，奋力扔向了奶奶，比看见的人还看见，居然准确地扔到了奶奶的身上……

爷爷是那天上午走的，爸爸妈妈让我与妹妹去四家亲戚家报丧，我们高兴极了，因为在报丧的人家家里可以吃到好东西，我们连忙兴奋而奔。

第一家是大姑妈家，大姑妈边哭边坐在锅灶上烧火摊烧饼，那个油香溢得满屋都是。我们一人吃了一锅。去往小姑妈家的路上，居然遇到了你爸爸，我们的三叔，三叔正骑着自行车："小红，你们怎么来这里了？爷爷怎么样了？"

"三叔，爷爷死了，就今天上午！"

"啊，什么？我正想回家看他，我爸爸死了？真的吗？是今天上午？怎么没人告诉我？死了你们俩为何这么开心？"

"不是我一人开心，全家除了我爸爸，都开心！"

"你们该掌嘴，说这样大逆不道的话！说，你们为什么开心？"

"不，三叔，你没吃过我们的苦。从此，我们再也不用替他倒痰盂，倒尿桶粪桶了，而且他还天天骂人……"

"唉！你们这些死丫头！该打！那你爸爸把棺材准备好了没有？"

"早准备好了，已经放在堂屋心了……"

"哦，这么说，我还得赶紧回家！"

到了小姑妈家，小姑妈先放声大哭了一气，接着又给我们一人摊了一锅烧饼，小姑妈讲究，洒了葱花。满屋除了油香味，还有葱花香味，我与妹妹都不知道是怎样吃下去的，还想知道是什么味道时，早就没了。

小姑妈问："没吃饱？"

"嗯！"

"家里面没了，我到隔壁人家去借点！"

"算了，我们还得去大伯的亲家家去，怕去晚了人家会说！"

赶到大伯的亲家家，天已经快黑了，家里的大人不在家，有个女孩跟我们差不多大，十岁刚出头，站在凳子上趴在锅灶上摊了烧饼，是我帮她烧的火，油放了好多，烧饼像疙瘩一样，比两个姑妈家的都差，但我们还是都吃下去了，总觉得不吃下去对不起人家。

最后一家是舅舅家，舅舅家穷，家里有八个孩子，连三顿饭都吃不饱，舅妈说："刚刚你们一定都吃了摊烧饼了吧，我就烧点水意思意思吧！"

我与妹妹正口干舌燥，点头说好，已经是一想到吃烧饼就想吐。水喝下去后，我们俩肚子胀得鼓鼓的，放了一夜的屁没停。

爷爷下葬时，奶奶哭了几天，伤心极了，到最后说了一句："你还是走在了我前面！"便再也不哭了。

哭得最凶的是爷爷的三个儿子，你爸爸我三叔最伤心，因为他一直反对爷爷土葬。他是公社书记，他怎可让自己的父亲土葬？跟我爸闹了三天，我们都知道，那并不是在演戏……

戏如人生，人生如戏，谁说不是呢？

蔷薇

1

当春天真正来临的时候，我欢喜万物复苏万象更新，春天不同于其他季节，总有让你触景生情的瞬间，这些瞬间触发你心灵深处某些潜伏的情愫，于是蠢蠢欲动起来。比如说我院子里正开着一株蔷薇，满园的花开让我欣喜若狂起来。

三年前，我觊觎隔壁人家的蔷薇，那花开满园的烂漫将春色浸透在了我的眼底，我并不知道它的名字，有人告诉我它就是"蔷薇"，我立刻想到几句诗：不摇香已乱，无风花自飞。不向东山久，蔷薇几度花……这样的娇羞和怒放如果能够开在我的院子里，该是怎样的情景呢？

有人告诉我，在春天即将告别之际，一插便活。我于是偷剪了一把枝头，插在了我家院子的很多角落，我视它们为我的孩子，为它们浇水为它们施肥，盼着它们能成活，也盼着它们俊俏的身姿爬上我的墙头。

突然有一天下班回来，我发现我的院子干净得寸草不在，那些已经开始冒出新芽的蔷薇插枝也全都不见了。

"我的蔷薇，我的蔷薇，是谁拔了我的蔷薇？"我惊慌地大声喊道。

"是我。"一个洪亮的声音响起。那是公公的声音，他定期来我的院子里帮我除杂草。

"你干吗拔了我的蔷薇？"我气得浑身发抖，严厉地问道。

"这枝根我庄头河边多的是，有啥可稀罕的？"公公的声音低了下去。

"谁让你多管闲事？谁让你乱拔我的蔷薇？"我的声音更大了。

"要不明年清明过后，我去庄上挖两颗给你。"公公的声音小得只有他自己听得清楚。

公公两天没有说话，我知道我错了，我岂能因为"蔷薇"而不孝不敬？即使花开满院，没有老人的欢笑，蔷薇花开又有何意义呢？我于是对他说：爸爸，怪我不好，别生气，我不要那蔷薇了……他有点哽咽，朝我说道：我以为是杂草长进了院子，伢子，是我不对！

没过多久，公公生病了。那蔷薇的事情我便再也不愿提起，我就像带刺的蔷薇深深地刺伤了公公，我那么无情的叫喊声曾经一次又一次重现我的耳畔，让我羞愧而内疚。

然而第二年，在我的后院楼梯的石块下面，居然蓬勃而生了一枝蔷薇枝蔓，穿过了冬天直奔那个春天，我知道，那是一枝公公手下的"漏网之鱼"，冥冥中注定要根落我家。我悄悄地帮它梳理枝藤茎叶，暗中窃喜这一美妙的奇迹。因为公公已经重病在床，我想让公公惊喜地看见它花开满院的景象。可是第二年，它没有开花，似乎在含蓄着生机和能量，等待着时机。抑或预示着一种悲凉和沧桑，一种不祥和衰亡。

就前几天，它终于开满了我的墙头，用它烂漫而娇羞的容颜装扮着我的春天，我知道这株蔷薇的寻常和不寻常，它们争奇斗艳，它们浓妆艳抹，它们静默而雅致，大气而时尚。我还知道，公公一定也看到了，他正笑着看花开在这个春天里，度过他天国里的第一个春天。

四月的最后一天，我想起了你，那株蔷薇是你留下的。

2

公公没有文化，在他五十岁那年，也就是我嫁给先生的前一年，为了迎娶新儿媳妇，他自作主张拔光了嘴里所有的牙，在乡下当地最好的郎中那里，镶上了满口的假牙。

我至今无法搞懂他的意图，也无法获知是什么样的牙齿状态需要公公必须全部拔光牙齿。很多年后，我问了公公，为什么要拔光牙齿？公公说：拔了就一了百了，省得日后疼起来不知该如何是好？如此理由让你听了真的哭笑不得，就像是知道人迟早要死去，还不如不吃不喝等死一样！虽然这样的比方不合适，倒也能让你听明白一点。抑或是当时他口腔里确实有不少的蛀牙，且疼痛一直困扰他很久，才让他痛下决心！但是有一点他彻底忘光了，或者他完全没有搞明白，他即将要迎娶的新儿媳妇是位牙医，也说不定他认为牙医才瞧得起他满口整齐的假牙！也许他是怕日后麻烦他的新儿媳妇，这倒让我内心有点歉疚和不安了。事实证明，他的确是怕麻烦我这个当牙医的儿媳妇！

因为公公婆婆住农村，我们不常在一起，所以常常听说公公的假牙在说话的时候掉下来，在哈欠的时候掉下来，在吃饭的时候也掉下来，果然如我所料，公公脸皮薄，宁可找郎中，也不麻烦我！

公公的假牙不好用这件事一直在先生心头缠绕，常常怪我不关心不体贴，怪我不积极不主动，虽没有说那么直，但我已经深深体会到了先生的不安。也是，自己的儿媳是大医院里的牙医，父亲却因为假牙搞得无法说话和吃饭，传出去好难听，既丢了公公的面子又丢了先生的面子。我心里直好笑，好好的牙硬是把它给拔光了，农村人再要面子也不能这样用满口假牙来装门面！

先前的郎中修了十次，假牙还不好戴，更不好用，连郎中自己都感觉对不起公公了，退还了公公的做牙钱，于是公公从乡下带着假牙来找我。很难为情的样子，像个犯了错的孩子，似乎也很"羞涩"，我知道，他怕麻烦我，怕给我添麻烦。我于是毫不犹豫地给他做了新的全口假牙，其实那个时候他才开始后悔了，后悔不该不征求我的意见，轻易作决定去拔光了他所有的牙齿。

那年我儿子两岁！

公公终于戴上了我做的假牙！半年不到，人胖了不少，脸色也好转了不少，正所谓牙好胃口就好，全村人几乎都知道了，她儿媳是天下最好的儿媳，是天下最好的牙医。因为他逢人必夸逢人必赞。

儿子十岁和十八岁的时候，我千呼万唤地强制性地又给他换了两次假牙。因为口腔牙槽骨的改变，也因为塑料假牙长期使用会磨损。这两次换牙他很配合。

最终我把公公婆婆接进了扬州城，我想让他们能够安度晚年，我想让他们能够过上好日子，我想让他们"吃香的喝辣的"起码二十年，可是没有想到今年公公查出了晚期癌症。

我始终想着再给他做一副新的假牙，用我的双手把假牙一颗颗地按上去，让他永远记住，这个世界上，他有个儿媳妇是牙医！

我期待奇迹会出现，我期待公公再给我一次机会……

3

昨天是父亲节，先生去看了公公，也许这个节日对于公公来说不会再有了。

这些天早已养成的习惯，每天早上一上班便去病房看一看公公，与其说是看望他安慰他，给他活下去的勇气和信念，不如是多看他几眼，我同时也知道他是想着我去看他的。

端午节那天，我儿子去看他时，他哭着告诉他的孙子，说他已经是癌症晚期了，我从没见过他哭过，也是第一次听说他哭。他从来不在他的儿子面前掉一滴眼泪，如今却在我的儿子面前掉下了眼泪，我知道，他一定是内疚了，他曾经对我儿子承诺过将来帮我儿子带儿子的儿子的……

天很热，可公公却嫌冷，脸上因为发烧而显得通红。

他今天上了心电监护仪，在吸着氧气。我看见他的眼窝深陷下去，他睁开眼睛努力看着我。

"爸，你感觉怎么样？"我知道，我说了一句多余的废话。可我真的不知道第一句话该说什么？

"我，我昨晚大便大到了身上，还有小便……"我看见他在努力地想告诉我他做错了事情，他低下头同时闭上了眼睛，我看见了他的眼泪，这是我第一次看见他掉泪。

"爸，谁都会犯错误的。你想想六年前的大刀，那时候，你以为你过不去了，结果过得好好的！"我想拿他的过去来鼓励他有信心去面对未来，这是生者对生者的安慰，真实而虚伪的，"我还指望你帮我带重孙子呢！"

"所以儿子孙子都不肯我提死这个字，可是我想通了，死也没什么！"公公的眼睛似乎睁得更大。我内心陡然有一种说不出的恐惧和不安。

"你不会，你每次都在吓人，你这次还会挺过去的……"我不知道我该如何去继续与他交谈了，眼下的事情很多，找二十四小时护工，每天的营养汤，还要考虑老家的事情……

我想了想，我今年也五十岁了，到了人生的中点，我有两个责任是无法推卸的，一个是对儿子成长的陪伴，二是对老人的看护。

太阳高照着，天是个好天，人也是！

找二十四小时护工的目的是为了让婆婆能够好好休息，这个家不能倒下两个老人，先生的意思正是我的意思。

那天护工刚来，我便赶到病房，我看到一位六十多岁的农村女人，在给公公捏腿。朴实的外表，憨厚的笑脸，坦诚的目光，我一下子放心了，这下婆婆可以放心地回家好好睡一觉了。公公那天发着高烧，满脸通红的，但从他的神态可以看出，他挺满意眼前这位即将二十四小时陪伴他的女人的。我当场拍了一张照片发给先生，告诉他两点让他放心，一是他的父亲大人，目前因为来了个比他母亲年轻很多的女人来服侍他，表现出相当满意的神态，甚至直催着我走，这是从来没有过的事情。二是他的母亲大人已经回家休息了。先生发了个表情，我明白他明白我说的是什么意思。

后来每天来看公公时，都看见这个护工，不是在喂水，就是在帮捶背，帮着翻身，笑容总是挂在脸上。我很不放心她晚上睡哪儿，她说睡在公公床边的一张椅子上。我看到公公一天比一天精神好起来，只是公公对眼前服侍了他几天几夜的女人态度越来越差了……

上午一进病房，看到了公公与那女人的脸都沉着。看见我来，才都放松下来。我问公公的咳嗽情况，女人才开口说话，便听到公公铿锵有力的大声训斥："不要插嘴"！声音很大，整个病房都听见，我知道，一是公公身体好多了，否则不可能有这么大的声音，二是公公开始讨厌眼前这个女人了。我连忙向女人打招呼："你别生气，我家老爷子脾气不好！"我看到女人的眼睛一红，掉头走出了病房。这是什么情况，这边我看到公公的眼睛也红了。

"别生气，他就是脾气太坏！"我劝这位女人，眼前这位已经陪伴公公一周的女人，据说家里有老公、儿子和孙子。在外打拼吃苦的目的，只是想能够挣点钱防老。

"我不生气，他是病人，他昨晚血象很高，要不然我会去下一家了。"我不相信这句话是出自她的口，一是她居然懂"血象"，二是她的责任心，那是在替我们当儿女的在分担，这样的护工我怎能推掉？我同时告诉她，也要注意抓紧时间休息，我们全家全靠她了，她擦干眼泪朝我笑了起来。

跑进来我又劝公公，问他护工到底哪里不好？公公说："不是不好，一天要花你们二百块，你们的钱不是抢来的，也不是偷来的，我不想要她了，我想你妈来服侍！"

这回轮到我眼睛红了，我知道公公始终在算钱的账，刚开始他并不知道一个护工一天一百八十块，以为只有几十元的，现在一定是知道了。二是他也许确实想婆婆来陪伴他了，特别在夜里，再年轻的女人也代替不了婆婆。我又岂能让他们分开？

人并不复杂，到了这个时候，更是。

4

公公不知从什么时候起不再给我打电话了，而直接给他的儿子打电话。

记得是去年，常常一大早，我还没醒，就接到他的电话，内容大概是"小锐，我早上进院子遛过狗了，我走了！""小锐，我把狗粮放院子里了！""小锐，我把院子里的草给拔了！"……放下电话，我一看时间才六点不到，便对先生说，你爸爸疼你，怕吵醒你，打电话提醒我该起床干活了！先生睡得模糊，回我的话却很耐人寻味，那是他把你看得比我还重，你懂个屁！被骂了，一大早的，心里仍然有点甜滋滋的。

去年下半年，公公大病初愈，人渐渐精神起来，那是去年冬天最冷的一天早上，我睡梦中又接到了他的电话：小锐，家里漏水了？我一惊问道，哪来的水？他说，楼上来的。我说，那一定是楼上人家的水管子冻坏了，快上楼让他家关了总开关！放下电话，我对先生说，看到了，老爷子对我重视，大事小事向我汇报。先生睡梦中笑着说，你应该感到幸福！

才没过几天，一大早又接到电话，小锐啊，停水了！我睡意蒙眬中一惊，坐起来便说，没水就没水，干吗一大早不让我睡觉？公公那边半天没有回话，很长时间才说，噢，知道了！放下电话，我便开始后悔了，刚刚我的态度不对，他一定生气了，他逢人便夸的"好儿媳"，今天居然冲他说了重话。我对先生说，不好，老爷子一定生气了。先生这回清醒过来说，日久见人心，你经不住夸！

果然，一天先生给我电话了，老爷子咳嗽有血了。我问，你怎知道？先生说，他刚打了电话给我。我一听这消息，赶紧带公公来医院，一路上，他不断地对我说，给你增加麻烦了，给你增加负担了！我看他消瘦的脸，不忍心问他，干吗不给我电话，带你来医院还是你的"好儿媳"！

刚刚一大早，先生在上班的路上给我电话，老爷子来电话，刚刚是静音，没接到，一定有什么事，你去看看。我说，放心吧，我也在路上，马上就顺便看看。

公公开的门，气弱得很，我知道刚刚化疗过的他一定没有力气。我问他，打电话有什么事吗？他说，队里来电话了，老屋东头的两棵树砍了，卖了四百块，放老二那里，我想回家拿。我愕然，我不知道说什么好，我想更多的因素不是为四百块钱，而是想回老屋看看，看看他忙了一辈子的老屋，看看屋前屋后熟悉的一切，看看还有什么放不下的……

我于是答应他开车带他回家取钱，只是告诉他，有一个条件必须答应我，今后一定要直接给我电话，省得你儿子再传话。公公点头答应了，目光中竟有了童真，那是对我的依赖和信任，还有一种幸福。

我在等公公电话……

5

公公七点多进手术室时，我已在门诊上班，我一直忙到九点多才有时间去手术室。其实我很着急，昨晚我答应他，我一定站在手术室外陪他的。

九点半，手术室外，我得到手术室护士长巡视的结果：已剖腹，肠腔自动破溃，肿瘤正在切除。

十一点，主刀医生取出肿块给在手术室外的我与先生"雅正"，肿瘤约 16cm×5cm×5cm，表面坑洼不平伴糜烂，色紫，与周围组织粘连，幸亏开了……

下午一点三十分，公公被推出手术室，我呼唤："爸，爸，爸……"看他满身的管子，蜡黄的脸，深陷的眼窝，我知道他很坚强。

公公微微睁开眼，抬了抬头，看了看我，气息微弱地说："把你们的钱全花光了……"这一刻，我放心了，他的头脑完全清醒，我同时也感动了，他醒来想的第一件事竟是替我在操心。

夜里十一点，站在他的床前，看他歪着头斜着身子在嗜睡，我知道麻醉反应还没有完全结束，但愿从今往后，他不再有身体的疼痛。从这一刻开始，愿他身体里所有的变性细胞，在我美好的祝福下，都能转化为健康的正常细胞……猛地，他突然睁开了眼睛，那张瘦削的脸上竟露出了焦急和忧虑，因为他看到我了："乖乖，怎么到现在还不睡去？"我知道，他是这个家中唯一疼爱和理解我的人。

术后第一天一大早，我来到他的床前，他半躺着朝我微笑："我以后会很快下地走路，我以后会有劲的，我会带大兵与花花的……"公公在畅想着，连我的狗儿们都被他想到了，我坚信一切都会成为现实。我盼望着给他过八十岁的大寿。

人的生命是脆弱的，脆弱得让人以为不堪一击。可这一次，居然是完全不懂医的先生救了他的父亲。因为全世界只有先生一人坚持要手术，而懂医的我及所有的医生都认为晚期癌症不宜手术。在听说剖开腹腔肠腔自动破裂时，我才知道我错了，这回先生是对的，为医盲的他麻木地据理力争点一个大大的赞。人的生死仅在一念之间，却转化得如此微妙而感动。

人的生命又是坚强的，在死神面前，没有人轻易屈服，即使被判了只有三个月的时间，可对生的渴望却在一天天增强。因为有亲人的爱在，谁都不愿辜负呼唤和心跳同时存在的意义，所有人的脸上绽放的微笑证明着这个世界值得我们去生存…

6

油菜花开的季节，恰逢清明时节，每年的今天，我都跟着先生去乡下他家的祖坟上扫墓。

先生家的祖坟在他家老房子的后山上，一眼望去满山遍野的油菜花在微风中像海面的波涛一样，延绵起伏，看起来黄得耀眼和清新。先生的太爷爷太奶奶、爷爷奶奶都埋葬在这油菜花花浪的最高峰。公公曾经因为他儿子，也就是我先生如今所谓的有出息，很自豪地说过他家的祖坟葬得好。缅怀先祖似乎成了例行公事，往往不带悲哀和痛苦，只有肃静和一丝丝的胆怯。

曾经宋朝有位诗人说过这样一句诗，令人伤感："风雨梨花寒食过，几家坟上子孙来？"寒食节虽过，我们依旧不忘上坟，上坟是对逝者的追忆和悼念，是对生者的提醒和尊重。提醒生者，珍惜生命，热爱生命，关爱生命，一代代地沿袭传承下来的上坟，成了子孙追忆和孝道先祖的一种象征。

今年与往年不同，今年是我们带着公公从扬州城出发，去先生家乡的那片后山区。

路上谁也不愿多讲话，此刻的沉默中带着忧伤和恐惧，公公坐在了后排……我开着车，从车内的后视镜中我窥到了公公，我不敢多看公公一眼。检查的那天，内科医生的摇头、外科医生的叹息让我没了信心，只有擅长化疗药物的肿瘤科的医生是那样的坚定和自信，而我却知道化疗根本不顶用！公公瘦黄的脸色暗淡无光，深邃的目光来自深凹的眼窝，预示着可怕的事情即将来临。目光中充满的是无奈、盼望和犹豫，还有淡淡的忧伤。他并不完全清楚他得了晚期癌症，已经全身转移了……我小心翼翼地开车，车行在高低不平的乡村土山路上。

天空突然下起雨来，打湿了后山区的那一片油菜花，这场景似乎是意料之中的，年年的清明都在雨中漂浮着，仿佛是眼泪在飞。雨中的后山区显得尤其庄严和宁静……

公公无力地坐在地上，双手抚摸着他父亲的石碑，半天没说一句话，转过身的时候，我看见他掉泪了……来上坟很多次了，我第一次感觉到难受。我开始后悔，有一天怪他剪了我院子里的蔷薇花枝，让他心里不舒服了两天。我开始后悔，有一天错怪他把狗粮放进冰箱。我甚至开始后悔，当初公公婆婆来我家时，我曾嫌弃过他们身上的味道，他们动过的菜盘我再不想把筷子伸进去……

对逝者，已无法弥补我们也许曾经的不到之处和不孝之举，对生者，对我们眼前的父辈，为了不留遗憾，我们当尽犬马之劳。"子欲养而亲不待"的道理人人都懂，却非人人都能做到百分之百的尽孝。我祈祷老天能够挽留那些不该凋落的生命花朵，我盼望公公的每一天每一分每一秒都在快乐中度过……

油菜花被雨水洗过后更加耀眼，我盼望阳光快点出来……

7

我的公公原本是个农村杀猪的，说得雅一点是"小刀手"，说得俗一点是"杀猪匠"，说得文一点是"屠夫"。

与先生的第五次约会，先生才支支吾吾地道出了他的父亲除了是地地道道的农民外，还有会杀猪这一特长。当时我吓了一跳，回家没敢把这件事情告诉我的父母，父亲母亲只知道未来的亲家是地地道道的农民。除了母亲担心我将来负担重之外，他们没有过多地反对。

在正常人的感官世界里，杀猪的场面是残暴的血腥的，"杀猪匠"自然归类为相对无情和凶狠的一类人群。人们常常会从心理上行为上自动排斥和远离这样"职业"的人，更不会与这样的家庭连理婚姻，我自然佩服先生的母亲，以及先生的外婆了。

然而，公公世代祖传杀猪，公公的手艺方圆几十里闻名，人称"一刀红"！仪征农村沿袭了一种习俗，特别是过年过节，几乎家家户户都要杀猪，把肉腌起来，风干，再就是杀了卖，谁家都希望一刀下去见血，杀个几刀似乎对一家人来年不利。于是"一刀红"在当年，每逢旺季都很忙，需要一个月前上门预约，公公以此为骄傲直至今日。"祖传手艺"到先生这辈就失传了，我常常背地里拿公公开心，"一刀红"，祖传手艺失传了怎么办？我帮你办个杀猪学习班如何？公公听了会哈哈大笑，说那是个杀身活，不能办！哈哈，公公当真了，人家可是心怀慈悲地不情愿哦！

公公没有文化，小学没毕业，然天生力大无比。兄弟姐妹九个，他老大，十五岁就是个挣工分的大劳力。弟弟妹妹们都上到了初中毕业高中毕业，没一个人愿意杀猪，弟兄们中自然就他一人学了他爹的祖传手艺。因为没有文化，常受"有文化"的乡邻的歧视，也常受"有文化"的弟兄们的"嘲弄"。因为没有文化，又因为天生耿直脾气大，常常说话得罪人，与左邻右舍始终没有搞好过关系。

公公虽然是个没有文化的"杀猪匠"，却是个心肠软而仁慈的人。婆婆说邻庄别的杀猪的都发了财，就他们家发不了。说公公常常可怜杀猪人家，明明杀条猪收三十元的，他只收二十元，甚至十元，甚至不收，提着一刀大肠下水回来了。为这，婆婆与他吵了大半辈子，先生也因为从小吃多了猪下水，至今在桌上筷子从不碰猪内脏。

那一年公公在"挑河"，先生上大四，为了节省路费，一个暑假没回来，到了开学，拍了份电报给公公，要一百元生活费。公公放下"挑河"担子，赶到县城医院卖了三百毫升的血。先生至今不愿意提此事，一提起此事，他的眼睛就泛红。

早已不再杀猪了，公公进了城，脏活累活抢着干，剩饭剩菜抢着吃。公公很会做人，逢人就夸我好，夸得我很惭愧，只好向着他夸的方向去努力。

公公虽然没文化，这辈子却做了一件最有文化的事情，那就是培养了一名研究生儿子。让左邻右舍的人另眼相待，公公终于又成了全村人眼中的"红人"了……

最后一个清代人——裹脚的奶奶

1

　　奶奶是清朝末年人，三岁丧父，五岁丧母后便寄养在舅舅家，十六岁的奶奶，在初潮尚未到来时，便被舅妈远嫁了几十里的"他乡"，做了我爷爷的新娘。

　　我从小跟着奶奶在乡下长大，从我有记忆时，我便惊诧好奇于奶奶的小脚，常常徘徊在她的周围，想探个究竟。"三寸金莲"，听起来很美，很神秘，有尺寸，有形状。古人把女人的小裹脚比作了莲花，自然除了美还是一种高贵香艳的赞叹，这让我百思不得其解，因为味道实在不好闻。这双小脚乖巧玲珑，不论春夏秋冬，总有一条长长长的布条从小脚脚尖一直裹到脚踝，甚至一直绑到了小腿肚上。我总想看看小脚，总想看看这布条里面究竟隐藏着怎样形状的小脚？奶奶的鞋子很小，尖尖的、短短的，仿佛童话故事里小丑的鞋子一般，还向上微翘着。

奶奶身材瘦小，可总是颤悠悠地迈着小脚。从田间忙到晒场，从晒场忙到锅边，手上不停地做着，嘴里不停地说着，脚下虽似站不稳却蹬蹬蹬地往前直冲，连爷爷也追不上她。

奶奶白天一直忙碌，几乎没有闲下来的时候。只有到了晚饭后，刷好了锅碗，才有空静下来。烧一锅开水，倒入一个木盆中，在没人的角落里，奶奶坐在一张小板凳上，拆除脚上的长布条，让双脚浸泡在木盆里。远远地，已经闻到了脚的味道，一会儿工夫，这种味道殖着热气会弥散整个小屋。似乎是因为滚烫的开水，所以在最初，面对热气蒸腾的木盆，奶奶的双脚像蜻蜓点水一样，灵活地不停地下去又上来，仿佛在试探水的温度，在寻找最佳时机，让双脚完全入水。完全入水的一刹那，她嘴里会喊一声，"这下有了命了！"她很满足，陶醉其中。接着，奶奶她双手提着裤子，双脚不停地对搓着，有时也弯下腰伸出手，去水里拨弄着脚丫。

煤油灯下，我似乎早已闻惯了这样的味道，特别在奶奶取下所有缠脚的布条时，我会直奔过去，想看个究竟。奶奶会老远就挥手阻止我，别过来，我在烫脚！我并不停止脚步，我会大胆地上前，我不怕挨骂。

很多时候，奶奶洗完脚，用布擦干净，再用布条把小掬重新裹上。有时，她会拿把剪刀，从水中抬起一只脚搁在另一条腿上，对着脚趾开始修剪起来。脚上似乎永远有剪不完的老茧和碎屑，落在水中，落在地上。奶奶总是一边修剪着，一边说着，"这下快活煞了！"……只是始终不让人看到她的小脚。昏暗的灯光下，我根本看不清那一团尖塔似的肉肉是怎样的结构？

长大后，我问奶奶，为什么要裹脚？奶奶说，她恨她的舅妈，是他们骗了她。我问，为什么恨舅妈？舅妈骗她什么？奶奶说，骗她如果不裹脚，姑娘便嫁不了好人家。生了九个孩子的奶奶常常说，她要是有双大脚，她便会像男人一样去挑担，去耕田，去扛重活，去打铁……

从角落里散发出来的味道，一直萦绕在我的记忆中，一刹那的腥臭味，我从来没有嫌弃过。那是旧时代摧残下，奶奶的体味变成的一种特别古董的气味，只因是奶奶的，臭也不臭。我总缠着奶奶，在光天化日之下，让小脚掀开神秘的面纱。

我的脚在一天天长大，感觉中奶奶的鞋子在一天天变小。可瘦弱的奶奶总是把我搂在怀里，抱在胸口上。

在一个暴雨如注的下午，奶奶在风雨中，披着雨衣，在空旷的田野里，寻见了惊魂无助的我。她将我驮在了她的背上，艰难地走在泥泞的雨中。她轻声告诉我，别怕，我们回家。我低头终于看清了这双小脚，小脚光着，不再有布条缠裹，站立在雨水中的泥土里……白净净的，肉球球的，短小呈尖形，怪异而神奇，扭曲的五趾像被折断了筋骨缩团在一起，又似几块面团，重叠在一起，根本分不清是哪根趾头。只有为首的大拇趾在最尖端，其他的趾头都萎缩着，一个挨着一个，想分也分不开。奶奶的小脚插在混浊的泥水中，每走一步都摇摆停顿一下……

我伏在奶奶的背上，跟着她蹒跚的摇晃，走在回家的路上。那一刻，我的泪水混着雨水一直在流淌。我终于看清了光裸的小脚，是多么神奇，多么坚强。那一刻的小脚，支撑着她瘦小的身躯还有我的重量，仿佛有无穷的能量。

"我要是有双大脚，我便会像男人一样去挑担，去耕田，去扛重活，去打铁……"这是奶奶的原话，一个活到九十九岁依然在说这句话的奶奶，是个了不起的女人，伟大而平凡。其实，奶奶早已实现了她所有的愿望，爷爷过世后，她用她的小脚支撑着柔弱的身躯，一直托着一大片天空。

多少年过去了，常常在梦中，我趴伏在奶奶的背上，那双美丽的三寸金莲始终在我的眼前浮现，并跟随着奶奶忙碌不休的身影。如今，我有一双大脚，脚踏坚实的大地，正一步一个脚印走我的路，这一定是奶奶对我的愿望。

2

清明节刚过，便有了花飞花谢的景象，夜里又雨落纷纷，心中难免有些惆怅。看朋友圈前几天几乎人人都在祭祖寄思，缅怀先人，很想在梦里重温与祖母的欢声笑语，诉说我的愧疚和不安。

祖母是清朝末年人，她的身上有两处畸形残疾。

我曾在《奶奶的裹脚》一文中详细介绍过她的三寸金莲，在她走后的好多年，三寸金莲在我的梦中出现过无数次。我总是兴奋地把它们抱在怀中，我抚摸它们，温暖它们，让祖母能够感受到我对她深深的思念和歉意。这双小脚经历了九十九个年头，趟过了时光的长河，承载了岁月的沉淀，踏遍了万水千山。它们是那么的让人疼惜和怜爱，畸形的脚掌和脚趾在我的心中像一朵盛开的莲花，永远绽放着美。

祖母的三寸金莲，有一种常人无法感知的畸形美，因为谁也无法触摸到她灵魂深处的善良和伤痛。无法感受祖母的身体，在有形摧残下依然美好的心灵。那是久远的意识形态下的产物，让人留下挥之不去的遗憾和疼惜。

而祖母的另一处残疾，却是由我制造的。那是一个昏沉的傍晚，夕阳的余晖照在一片繁忙的晒场上，像血液一样的鲜红，仿佛一张血腥的画面，预示一种痛苦的记忆和永恒的伤害。多少年后，我无法原谅自己的鲁莽和过失，那一瞬间的挥舞给祖母带去了终身的伤害。我用我的双手，高高举起了一个榔头，我挥起了手中的榔头，榔头离开我的一刹那，稳稳地准准地沉沉地落在了祖母左手的无名指上……那年我三岁。

这双手曾经把我从襁褓中抱起，扶我走路，为我洗衣做饭，这双手曾经多少次为我抹泪擦鼻……然而，我却让她左手的无名指折断了，而且是粉碎性骨折，变了形的指头成了一根看似多余而弯曲的"节外生枝"，再也不能与其他指头一起平伸，一起弯曲，不能与其他指头一起来触摸我的笑脸，抚平我的忧伤。

我没有听见祖母一声哀哭怨言，没有见过祖母一滴泪水，她把惊吓的我揽在怀中，轻轻拍打着我轻声细语地向我表白，不要害怕，没事没事！

从此，祖母踩着她畸形的双脚，同时挥舞着带有残疾的手，依然奔走操劳于田间和家前屋后。在她离开人世之前，从未向任何人再提起这根畸形指头的来历，这让我的内心时时内疚和自责。我于是变成了一个胆小的人，不敢正视祖母的这根节外生枝，生怕它会激起祖母对我的埋怨和我对祖母的愧疚。

我有点恨我自己，我甚至有点瞧不起我自己。我把祖母对我的宽容和大度当作了理所当然，以为从此之后，我便可以逃避责任。

祖母曾在弥留之际向家人索求我儿子小时候的红色毛衫褂子。这在当地农村是一种风俗习性，把最疼爱的子孙的内衣贴在自己的身上，象征着她是这个世界上的有福之人。我知道，祖母最惯的是我，所以她才那么心甘情愿地让我残疾了她的左手。

我没有尽孝在她最后的日子。我想抱着她，就像我小时候被她抱着一样，然后再抓住她的双手，把她那根弯曲的指头放在我的手心，用我诚恳的目光安抚它曾经的伤痛。我同时祈求上天，原谅我的过错，让它复原，还祖母健全的双手，以求我一世的安宁。

春雨绵绵中夹杂着我对祖母深深的歉意和无尽的爱戴。天国里的她不再是三寸金莲，不再有"节外生枝"……

　　我是一个生在城里，长在农村的孩子。母亲家的亲戚大多是城里人，但与我们离得很远，几乎很少往来。父亲家的所有亲戚朋友都是农村人，所以我对农村的衣食住行相当的熟悉和了解。从内心来说，我对农村人倒反而比城里人多了一份尊重和亲切的感觉。

　　我们老家在江苏泰兴，地处旱地，大米的产量比较低，也因为贫穷，但我认为更因为是一种饮食习惯，家家户户都在吃一样东西，那就是糁子粥。几乎一天三顿起码早晚两顿吃的都是糁子粥，这当然指的是过去。现如今，大米想吃就吃，就有人长这么大，从没有见过或者吃过糁子粥，吃糁子粥倒反而成了新鲜的事情。但也有人因为从小的饮食习惯改变不了，一直没有断过。有很多老家是泰兴的饭店老板，把糁子粥卖成了饭店特色，在大鱼大肉生猛海鲜过后，喝上一碗糁子粥，你会放声喊道，啊！舒服！啊，快活！

　　这绝不是我在夸张，当然前提是要烧得好吃。这里面又有很大的学问，一是原材料，二是操作方法和技巧，三是火候。我小时候跟着奶奶在农村，一天三顿吃的就是糁子粥。有人要问，究竟什么才是糁子？什么才是正宗的糁子粥呢？可以这么说，糁子，是我们三泰地区广泛食用的一种面粉状的粮食，是用大麦或者元麦研磨而成，有时里面还掺杂了黄豆一起研磨，这说的就是原料。用大火把锅中的水烧开后，扬上一瓢糁子，再小火慢慢熬煮成黏稠状，便成糁子粥了。其间，水中可事先放入大米，也就是说先煮大米粥，但大米不能太多，也不能太少。大米太多了，烧出的糁子粥很黏稠，就会失去爽口的感觉。大米太少了，爽是爽，可始终有吃不饱的感觉，这指的当然是过去的人，如今的人根本不愁吃不饱的事情，所以米放得越少越爽，甚至有人根本不放大米。

　　很小的时候，从站在木桶摇篮窝里，到能帮奶奶烧火，我便看见身材矮小的奶奶，崴着三寸金莲围着锅灶，忙来忙去。灶膛那头有时有人，有时没人，没人时，她会忙完锅前再忙灶膛。看她踮起脚尖，左手拿一葫芦瓢粯子，高举着，不停地向大锅翻腾的开水中抖动扬洒瓢里的粯子。右手拿一铜勺不断地搅和洒进锅里的粯子，有漂浮在水面未充分融开的粯子疙瘩，还需捞在铜勺里再用筷子打碎了重新投入锅中，烧开后，小火慢熬。直到一锅粥起黏稠为止，才能熄火。有时候，奶奶还会在粯子粥烧开时，加点食碱水，这样烧出来的粯子粥，颜色偏红，更加黏和、可口，且剩在锅里的粯子粥不淀汤，也还不易馊掉。

我是奶奶的心肝宝贝，用奶奶的话说，我家孙女是城市户口的人，似乎跟着她在农村有点委屈了。奶奶疼我爱我，最明显的表现应该在吃上。

可再疼我爱我，我也无法离开一天三顿的粯子粥。但奶奶会变着花样在粯子粥里面加点大米，在粯子粥里面放进面疙瘩，在粯子粥里面搓糯米圆子，在粯子粥里面放上山芋干片子……我碗里的粯子粥中，总有太多的大米，我碗里的粯子粥里总有很多的面疙瘩和小圆子，甚至在我碗里的粯子粥里总有让我心动的煮鸡蛋，剥好了的。

奶奶常说，"粯子粥灌灌，养个胖官"，这样的话听起来很顺耳，其实就是在夸粯子粥。在贫困年代，平常人家，粯子粥就是"当家饭"。喝着粯子粥，会上下通气不咳嗽，会面红滋润肤色美，会强身健体不觉累……那是因为粯子粥里面，除了淀粉外，还有大量的维生素 B，以及植物蛋白。我五岁进城时，隔壁邻居的大姐姐说我的脸长得像快要裂开的"胜利白"山芋，很美也很健康。

进了城，我依然吃着粯子粥，那同样是我们全家一天两顿的主食。因为谁都离不开粯子粥，特别是奶奶和父亲。奶奶乐此不疲地继续扬着她手里的粯子，只可惜，火不再是大锅灶的灶膛火。只能在煤炭炉子上，煤气灶台上，在电饭煲里……直到她老人家九十九岁寿终正寝。

粞子粥喂养了一代又一代的三泰人家，承载过无数人的梦想，陪伴支撑着贫困时期，人们生存的勇气和希望。它是一种文化，也是一种精神。它特有的味道其实就是一种乡音乡情，它让游子魂牵梦绕，让所有喝过的人流连忘返。

奶奶的粞子粥如今我也早就学会了，尝上一口，回味无穷！

母亲的汤圆

1

小时候过元宵节，最喜欢吃母亲的汤圆里面包荤油馅的那种，因为平常吃一顿肉不容易，香喷喷甜滋滋的荤油游进肚子里的感觉很舒服，让你回味半天总还想着咬开的一刹那，见到油时神仙般的滋味，有时不舍咽下含在嘴里半天。那时候，母亲和的糯米面很结实，锅里的汤圆从来就不破一个。

自从工作成家后，每年的元宵节，我都能收到母亲从家乡泰兴捎来的汤圆，花色品种似乎更全了，除了荤油的，还多了荠菜和豆沙的。下到锅里，总是那样的硬朗，有咬劲。母亲总是做成各种形状来区分不同的馅，圆形的，是芝麻糖的；椭圆形的，是豆沙的；带个尖是荤油的；扁的是菜的………

可是咬开后的感觉渐渐失去了小时候兴奋心跳的滋味了。虽然汤圆亲切而清香的家乡味道依然还在。

不知从什么时候起，锅里的汤圆渐渐裂开了缝，渗出了里面的豆沙、芝麻糖，还有荤油，常常下成了一锅的杂烩。母亲做的各种区分汤圆的形状已变得毫无意义，我只得捞出相对完整的给儿子和先生吃，我吃锅里剩下的杂烩。

然而八十岁的母亲却乐此不疲。我不清楚母亲是否知道她的汤圆的下场。因为她有糖尿病，她只做不吃。

前两天，母亲又端来了一托盘做好的汤圆，各种形状的，看着它们似乎比吃起它们更舒服。我不想让它们下水，我怕它们破身，坏了我童年的记忆。

父亲打来电话，是为汤圆，告诉我，母亲的眼睛不好使，母亲的手关节有问题，告诉我母亲昨晚彻夜在做汤圆，还叮嘱我不许说汤圆的坏话……

锅里的汤圆早已不再硬朗，白色的米团见水很快变得柔曼起来，它们一个个咧开了嘴脸，像婴儿的脸一般在朝我笑。我知道这是母爱，无私、温柔而甜美，体贴而多情，此刻的我是个幸福的人。有多少五十岁的女儿能尽享一个八十岁母亲如斯的疼爱？这应该是人间美好时光的奢求，我岂能不珍惜？我想我只能告诉母亲，我们大家都喜欢母亲的汤圆，我盼望着母亲的身子永远硬朗，我更盼望每天都能看到母亲的笑脸。

杂烩有什么不好？有营养有味道，还是一道风景。

2

母亲突然喊我们回家吃晚饭，说是给我们做了好吃的东西，我问是什么好吃的东西？她在电话里笑而不答，说回来一看就知道了。我知道她那一定是又想我回家了，她也知道，如今的我也绝不在乎吃什么，但是可以用吃什么"哄"回家。

进门一看，果然母亲是下了功夫的，八十岁的母亲，旧社会大地主的女儿，年轻时又一门心思扑在工作上，家务事根本不在行。如今却整天在琢磨菜的做法，等着我们回来夸她，这大概也是她人生最大的乐趣。

桌上有一只盘子，盘子里满满地摆放着糯米大圆子，与往常不同的是，圆子的外面沾满了米粒，米粒晶莹剔透的样子很诱人，一看就知道是煮熟的糯米。可是这种看似奇怪的外表，我并不是第一次看到。

没骗你吧，你一定喜欢！母亲看见我愣在那儿，兴奋地说。我真的是愣在那儿，那圆子外层站立的米粒，似曾相识，一下子让我脑洞大开，那是留在我脑海深处童年的记忆。是一道菜，让人无法忘记，晶莹的米粒沾满了肉圆的外表，散发着糯米的清香，大咬一口，满口肉香，又似咀嚼香甜的肉汁拌饭，仿佛咬住了肥而不腻的猪油一样，兴奋而快乐。四十年了，这种感觉还在，一想就有。

那年，我十岁，在乡里已习武两年。乡武术队代表泰兴县（今泰兴市）去了宝应县，参加扬州地区少儿武术比赛。这是我第一次远离泰兴，也是第一次来到宝应。我以为自己就是见过大世面的人了。秋风里，宝应湖一望无际，第一次面对缥缈的湖面，让我想到大海就是这个样子。荷叶的翩跹荷花的绽放让我兴奋不已。最快乐的莫过于吃了。70 年代，饱餐已经是幸福，美食便是神仙的日子，是在天堂。我第一次吃到了裹满糯米的肉圆，那些站立的米粒让我终生难忘，只可惜了，每人只有一个，也只吃过一回，我便常常魂牵梦绕它的模样。这些年，我亲近于每一个宝应人，几乎见面确定是宝应人后，总要问一句：肉圆外面裹米粒，叫什么菜？也许并不是宝应菜，也许我的描述模糊，没几个人能告诉我是什么菜。有人说是"刺毛团"，有人叫"糯米肉圆"，还有人叫"糯米鸡"……我于是知道，叫什么也许并不重要，就像酱油面，有人叫"阳春面"，有人喊"红汤面"，我们泰兴人叫"扠面"。让人记住味道并让更多的人吃上才是美食存在的意义。

"母亲，它叫什么？"对于眼前的糯米圆子，我很想知道它的名字。

"小时候，我母亲做过，家里人多，也轮不到我们上桌。我今天突然想做给你们吃，叫它珍珠圆子也可以，还可以叫它糯米鸡，或者就叫它糯米圆子！"母亲在沉思，她一定在思念她的母亲了……

"那外面站立的糯米是如何上去的？"这是困扰了我四十年的问题，一直没有机会也没有时间去寻找答案。我相信，眼前站立在糯米圆子上的米粒，与四十年前吃过的肉圆米粒，一定是以同样的方式"攀登"上去的。

"先把糯米淘干净，晾干，摆在碗盆里，再把搓好的圆子放在糯米上面，滚一滚，均匀地滚一滚，接着放进蒸锅里蒸熟即可。"母亲一口气说完，很兴奋，她知道难得有机会我会向她请教怎么做吃的。

真相大白了，原来，糯米米粒都是生的滚粘上去的。我一下子轻松起来，四十年的纠结终于打开。站立的糯米米粒，在热浪的蒸熏中，膨胀了它们的身体，紧紧地牢固地与糯米圆子结合在了一起，互相牵扯着彼此的味道，完成着它们的精彩亮相。

每个人的记忆深处都被封存着很多东西，回忆本身就有纠结和不安，你明不明白，它们都在那里，总是在不经意间让你豁然开朗，并永远诱惑我们去解开。但是也有不明白的，即使走过了一生。

我想吃三个，我对母亲说。母亲笑了，就知道你一定喜欢，吃四个五个都行，快尝尝味道吧！等一等，它究竟叫什么名字？刚刚母亲说了很多，叫珍珠圆子？还是糯米鸡？还是？……吃了再说吧！

3

每年过大冬，母亲总要叫上我们姐妹俩全家，吃她包的元宵和饺子。如果说单纯吃这两样东西也就罢了，可她却还要弄上一大桌的菜。这让我们很过意不去，除了心疼便是内疚，平心而论，我们又何时以同样的方式对待过父母？理由总是找得出，因为忙没有时间也因为没有机会做饭，我又是个不喜欢做表面文章的人，于是母亲便完全看不见也听不见我的内心表白。其实，我很想回家为她捶捶背，揉揉肩。

因为今年情况特殊，公公去世不到一个月，按先生老家风俗，不满月便不能踏进别人家的门户。母亲却始终惦记着我们，想让我们吃上她的元宵和水饺。

"锐儿，元宵和饺子都包好了，姐姐他们晚上都回来，你不方便的话，你过来，在楼下等我，我送到楼下！"这已经是母亲上午的第三个电话了。我知道，她的眼睛不好使，饺子总捏漏了，她的手到了冬天就裂口子，去年的元宵就包不圆了。

我哽咽着答应了，我其实还知道，她不光做了元宵和饺子。

"锐儿，你回来吗？我跟爸都等哩！你只要到楼下就行了。"下午五点不到，母亲又来了电话，我知道，天快黑了，她怕我在黑夜中开车回家。

"锐儿，到哪儿了？我们都在等你，到了来个电话，我把饺子送下去。"接这个电话的时候，正值下班高峰，我告诉她我堵在路上了。刚说完我便后悔了，她接着又来电话了："锐儿，不着急，小心开车，路上黑灯瞎火的，一定要当心啊！"

等着红灯，我竟开始烦躁起来，我想告诉她，我并不在乎吃什么元宵和水饺，时间对我才重要，我的时间竟被如此消耗掉浪费掉了，真有点可惜。

窗外马路两旁灯火阑珊，星光点点，堵车的长龙竟成了今晚扬城的马路风景，也许这是一个特殊的日子，路人行人都在赶往亲人团聚的地方，期待享受彼此存在的那份美好和幸福。

"有多少爱可以从头来过？有多少情可以永远相守？"收音机里突然传来了这样的歌曲声。我低头沉思，突然意识到了我的不对。我不清楚我究竟是在干什么？竟如此肆意地挥霍母爱父爱，无视人间不可重来的情怀，我犯了不敬不孝不仁之罪了，只有我自己心里明白，而我的父母却永远不会计较我。

我打了电话，告诉他们，我已来到了他们的楼下。母亲告诉我，这就让侄子送元宵和饺子下去。

侄子两手拎满了东西向我走来，我问怎么这么多东西，他告诉我，东西是奶奶一一摆好的，他也不知道是些啥？

我开车回家，路上我突然看见母亲的微信请求，这个节日里，这样的节目便是母亲给我的另一道盛餐，我立马加了她。母亲随即发来了两条微信：锐儿，饺子上忘记撒面粉了。到家赶紧分一下，不然都粘在一起了。我开着车，眼睛有点潮湿，我问自己，我又何时给母亲包过饺子？又何时关心饺子们粘在一起的事情？

到家后，拿来的东西居然摆了满满的一桌。刚刚侄子拎来的除了元宵和饺子外，还有母亲烧的鱼、虾、鸡、鹅和肉圆，还都在冒着热气，它们被母亲用保温纸包着，这个大冬的夜晚，竟一点也不冷。满满的母爱带着母亲的体温溢满了我的餐桌，流进了我的心扉……愿这份上天赐给我的享受永远持续下去，以我真心去回报去反哺……

4

八十岁的母亲最近正烦一件事，事情虽然不大，在她一定就是件大事。

我是从小跟祖母在乡下长大的，有记忆的时候起，就知道日子过得紧，可无论吃什么，祖母总把最好的留给我，最差的留给她自己。比如说稀饭，厚的一定沉在我的碗里，她碗里永远是最稀的；新鲜的一定是我吃，剩饭剩菜一定是她吃；荤菜一定要放我碗里，她的碗里永远只有素菜，最多一点荤汤；如果是烧了一只鸡，鸡大腿永远是我的，她永远只啃鸡头鸡脖子。

我以为这是一种品德，与知识文化水平无关，目不识丁的祖母，她识的是仁慈和良知。也许这更是一种贤良的天性，是人善良的本性。

进了城，发现母亲也是这样，常常看到饭桌上母亲与祖母在争抢剩饭剩菜，别人以为她们在吵架哩！母亲总悄悄地先下手为强，抢先吃完剩饭剩菜再去伏案批改学生作业去了。如果是烧了一只鸡，两只鸡大腿一定是我与姐姐的，鸡脯翅膀一定是我父亲的，母亲与祖母会乐滋滋地啃着头与脚还有鸡架子……这似乎成了一种家风，谦让中有关怀，咀嚼的不仅仅是饭菜更是亲情。与人的品性有关，是一家人的，我相信。

每回在家吃饭，只要有鸡，我会挑鸡头鸡脚先吃，唯恐她俩"抢"了。于是常有一道这样的风景会出现，饭桌上，一只鸡大腿会从我的碗里传到父亲的碗里，再从父亲碗里传到母亲碗里，再从母亲碗里传到祖母碗里……虽然最后只有一个人能吃到，可却是全家人都吃到了的感觉，那么的鲜活而又可口，传递着温情，传颂着幸福，满满的爱仿佛蘸满了每个人的双手，又充满了每个人的心房。我有时又觉得这是一种文化符号，如果要起个名字，就叫"鸡腿文化"吧！

我成了家，却也在无意中传承了祖母和母亲的品性，沿袭着我孔家的家风，这已经与经济条件没有多大的关系了。我即使啃着鸡头和鸡脚，也是美美地，这个世界的美食太多，人对美食的追求也是无止境的，而鸡大腿稳稳地落在先生与儿子碗里，幸福的感觉却是无法比拟的，谦卑、关怀、奉献，"鸡大腿"可以验证。

现如今，儿子看不到我碗里有鸡块，他是绝对不会开吃他碗里的鸡大腿的。他甚至会把鸡大腿拣到我的碗里，我有了一种欣慰和自豪，儿子已经在传承家风了，从"鸡腿文化"中，学会了谦恭和尊重。

有人说，你也太小题大做了吧！这么看中鸡大腿，干脆买一锅鸡大腿，省得考验你考验他的！我笑了，这远非仅仅为了吃一只鸡大腿，这其实早就是家庭亲情的一种享受，是人与人之间心连心的一种体验，同时是对亲情的一种诠释和理解，是爱，小爱见大爱，必须是一只鸡，而非一锅鸡大腿！

母亲是什么烦恼呢？谁也猜不到，居然与鸡大腿有关！说是她未来的孙媳妇亲家母家里分吃一只鸡与我孔家分法完全不同，她担心她未来的孙媳妇全然不能继承我孔家的"鸡腿"家风了。我想告诉母亲的是：人与人不一样，家与家不一样，所以一只鸡的分法也不一样。还有，我想告诉母亲：也许该吃鸡大腿的人恰恰喜欢的是鸡头和鸡脚。我还想告诉母亲：未来的孙媳妇满脸的仁爱和慈悲，"鸡腿文化"的家风也一定会传承下去的。

深夜织毛衣

那年我上大二，十九岁。

周末我坐公共汽车从南京到扬州，下了车就直奔姐姐的单位——扬州中医院。原先与姐姐写信说好了下周来扬州的，我偏不，我要给姐姐一个惊喜。

中医院离车站并不远，位于扬州当时最繁华的老街广陵路上，深秋时节，两旁的梧桐树岁郁郁葱葱，风一吹有零星的树叶落下，街道不宽，人来人往，除了公交车几乎看不见汽车。

姐姐在注射室里正给病人打针。看见我来了，兴奋得叫了起来。我知道，我是她唯一的妹妹，从我生下来的时候起，我就是她的宝宝了。

姐姐打完针，一脸的不开心，说，谁让你提前来的，本来下周给你一个惊喜的。这下可好，怎么办？我再追问为何说此话，她却不开口。

姐姐的宿舍在广陵路一个阴暗的古色古香的小巷深处，两个人一个宿舍，房子不大，院子里可以见到一点阳光。床前摆放着一只煤油炉子，那是姐姐一天三顿烧饭的家伙。没来几次，我就学会了在煤油炉上烧饭做菜。

因为是周末，第二天下午我便要赶往南京。而姐姐第二天却要上班，吃过晚饭，姐姐便拿出一件织了一半的毛衣及毛线，低着头一声不吭地织起来，毛线的颜色是浅绿色，我很喜欢，我同时惊讶姐姐还会干这个活计。我问给谁织的，她让我别问，我知道，姐姐的性格内向，与我不同，不想说的话，你套她半天也套不出。

一觉醒来，我看见姐姐坐在床那头，手里依然不停地打着针，夜深人静，我听见毛衣针清脆的碰撞声，很甜，很静美。我让她去睡，她让我别管。我是心疼她明天还要上班，还有就是她天生比我爱睡觉。

天亮的时候，姐姐推醒了我，快起来，试试，我穿了正好，你也一定正好。

我看见姐姐的脸色很差，眼睛却在发亮兴奋。我知道，她终于给了我一个惊喜。

那年她二十二岁，当护士。

很多年以后，夜深人静的时候，清脆悦耳的毛衣针碰撞声还在响，那声音散着热，很温暖。

送红包

　　父亲在手术的前两天就交给我一个任务，那就是无论如何要给主刀医生和麻醉师送上红包。因为是大上海的大医院，人生地不熟，也不清楚当地的"标准"，更不清楚用何种方式能把红包送出去？

　　我于是四处打听，有人说直接给他，有人说直接给恐怕不收，这里的医生规矩，要间接给，有人说给三千，有人说给五千。

　　我只是在特需门诊的时候见过这位即将主刀的医生，别的时间真不知道到哪里去找他，也无法打听得到他的具体行踪。于是我天天一大早在病房等着查房，连续两天没见到他，小医生们都说不知道，这可怎么办？还有麻醉师，我根本不知道是哪位，更不知道到哪里去找到他？

　　主刀医生，是父亲在网上经过深思熟虑后精心挑选的，作为八十岁的他，严谨是他一贯的作风。那天的特需门诊，父亲对主刀医生的接诊相当满意，他对送红包这样的事情都考虑好了。虽然父亲是个保守正统的人，一向看不惯不良的社会风气，可在送红包这一点上倒是与时俱进，跟上了潮流。

看到我连续两天没有送出去，父亲担忧了，一脸的不高兴。说同病房病友说，送与不送，效果相差可大了。我问他具体什么区别？他根本答不出来。我也是医生，行医二十多年，平心而论，对于送与不送的病人，在治疗上绝对是没有差别的，医生的天职是治好病人。我于是劝父亲别担心，这里的医生都是高境界的，然而红包我一定在开刀前送到！

上午手术前，终于迎来了主刀医生的查房，只可惜家属们都被赶出了病房。父亲在里面打电话给我，让我赶紧行动，最起码要让主刀医生知道我们的诚意，我立马回他让他放心。我想尽了办法终于进了病房，见到了主刀医生。可是主刀医生坚决不收，并让我放心他一定尽力。在牵扯中我都有点难为情了，我觉得送与不送的区别传言的真实性值得怀疑，同时感觉到了主刀医生的真诚。

父亲带着一份遗憾被推进了手术室，我终于在手术室外，在手术麻醉同意书签字时遇见了麻醉师。我用尽全身的力气，终于送出了麻醉师的那一份红包，我心里似乎完全有底了，父亲手术没有理由不成功。

三小时后，父亲被推出了手术室，我们被主刀医生告知，一切顺利，手术相当成功。

已经完全清醒的父亲告诉我，手术前，他感觉麻醉师态度相当的热情，这里的医生真的好，我不想告诉他麻醉师红包的事，因为我不想扰乱他心中的这份美好！

打听到主刀医生开完父亲的刀，下午又是他的特需门诊，父亲躺着交代我，无论如何要去门诊把红包送出去，以表示我们的心意。

终于在门诊，我等了整整两个小时，在没有第三者的情况下，我把红包塞进了他的抽屉。我说，这是感谢，与术前意义不一样，他依然坚定地拒绝接收，并笑着说：你不了解我！

晚上八点，麻醉师来病房，虽然她改穿了便服，我却一眼认出了她，她把下午我送的红包塞进我的手中，说了声谢谢，扭头就走了。看着她的背影，我有些激动……

　　没能完成父亲的任务，可是我却看到了中山医院的精神。社会上人人都说医生的不是，嘴长在别人的脸上，你是无法去控制他，可是你却必须用心去说话，这是每个有良知的人必须具备的素质！

　　明天，我想我一定要告诉父亲送红包的全过程，他会更安心的。

第三辑　宋夹城随笔

凝望与回眸

1

自秋天后已有许久未曾写你，一次次穿越你的走廊，总有想你的冲动在撩拨我的激情，就像一个好赌的人，改不了成瘾的脾气。第一次步行而来，在除夕的傍晚，夕阳的余晖映照所有的视觉空间，让你感受这个世界的奇妙和无法舍弃的诱惑。这是离我最近的西门，已被千万次地回眸和凝望，等待和守候是它一生的遗憾和追求，总有等不到的人，总有守不住的情。天空在变暗，宋夹城空无一人，我听见我的脚步声，我一个人的脚步声，从城门的拱墙反弹而入我的耳中，犹如听到了自己的心跳。此刻，一千年的城门，是我一个人的……

残荷它听不到雨声，却能感受我内心深处的秘密和从容，它的高贵之处在于它的卑微和枯竭，用死亡的姿态夺取永生的权利，越过冬的摧残，迎接春的风流。向死而生，悲壮而动人，这是谁也无法达到的高度，只在水平面上，展示它的一生。

走出城门，回头仰望天空，苍穹之下的一瞥，渗透无限的炫美和自然，人类的渺小和强大都在其中。城楼上高挂着大红灯笼，就像高挂的免战牌，告诉天地，我们生在了一个无需再战的国度，战旗在飘逸时代的声响，城门将永远敞开，迎接欢乐安宁和祥和！

河流贯穿其中，如天空之镜，倒映我所想的一切景象，由此生辉生情。沿着先人走过的路线，在风与我相吻的瞬间，我感受它的寒冷与干脆，就像时光故事中的爱情，把一个人温暖得提心吊胆，需要多么勇敢和坚强。我突然听见了鸟鸣声，飞速穿行在树林之间，这是春天的呼唤，只一转眼便让我参与了它的世界，和着它的旋律，我寻到了荡漾的春心，在水面上漂浮着最后一个音符，我属于这世界，世界属于我。这是一草一木存在的理由，涉及苍生。

这是我一个人的宋夹城，连着天空和大地的沉默，我感受到沉默背后的喧嚣，连着黑暗的孤独在浓缩时空的距离。南门就在眼前，红亮的灯光在挥霍着它的骄傲和自豪，告诉我，已是万家灯火时，除夕之夜已经来临，我们无法逃避更无法拒绝，人间烟火的沧桑之美。

2

我终于没能放心得下城外的那座城，我的脚步在跟随着风的足迹游荡到了心灵的宁静之处，我心驰神往，一刻也不得安宁。在这个农历的除夕，我愿牵挂那里的一草一木，那里的一景一观，那里风飘过的痕迹连同战旗在飞舞的声音。我放下所有的约定，越过吊桥的栈道走向你。天空居然阴沉下来，用它深情的目光陪伴我的孤寂，那层层叠叠的城墙在春寒的萧瑟中走近了我的眼睛里…

我穿城墙而过，那西门的对联已经被甩在了身后，原来那里有千年的卫兵守候，谁也无法取走，我突然想放声大笑起来，哈哈哈，原来我是在替古人担忧。我担心那些字的风采会在光天化日之下被看过一眼的人掠走，留给我的只有疏影横斜……虽然是留在了身后却又是留在了心里，恐怕连它自己也不知道。这城里今天静悄悄的，从前门吹来的风如刺骨般落在了我的脸上，是那么的刺激，那么的痛快，仿佛穿透了我的灵魂深处，我不想喊它停下……千年的城门，是否仅仅就是个过道，抑或是恋人的接头暗号，那些深深的斑迹，分明是爱的缩影，满目让我浮想联翩。

池塘又活过来了，雪中的冬景依然在我的脑中，我梳理着记忆中的单调和苍白，与眼前已大相径庭了，那一定是春风已经掀开了新的一页，把色彩点缀在了一草一木、一石一水之上了。天空很低沉，似乎想亲吻大地，以及大地上游走的我的思绪……我在聆听春之脚步，有鸟鸣声，它们在唤醒那些冬眠的精灵，和日月精华所滋养的众生……我惊叹大自然的秘密和美妙，当四季走过我的眼前，我也同样走过了四季。这如诗如画的美景连同我的记忆都已深深地扎根在这片土地，只等山河流转，世纪轮回，我便成仙成佛。

看见了一对飞起来的小鸟，我突然想知道，那些冰天雪地之时，它们藏身何处？我一下子想到了圣经上曾经看过的一句话，上帝连飞鸟都眷顾，让它们不愁吃住，更何况是对人的疼爱……我一定是杞人忧天了，如果真有上帝存在，它一定知道，此刻的我正在风中行走，迷恋上了宋夹城的每分每秒……那个河边的亭台旁，曾经有人打过太极，她曾经用柔弱的臂膀细数岁月，却在某个风雪的夜晚让我见证了太极神韵……一直没有阳光，我却愿意行走在这样的途中，那南门的对联显赫着雄伟的身姿，连同满目的红灯笼一起亮丽成一道闪光的风景……我不知道宋夹城究竟有几道门，几道风光？有多少人被迷恋成我的模样……有一家四人正走出城门，这才是今天我看见的最美的风景，儿子的手一直拉着妈妈的手，一定是儿子，也一定是妈妈，我不会看错，因为有一道天光正照着他们行走的方向。

春天已经来了，不仅仅是这座城的春天，是我的，连同大地和天空的。当新春来临的时候，我感慨大千世界的美妙和宽容，让我们守着彼此的笑脸去迎接新的一年，新的一天。

夏日的审美

1

当春天早已不在眼前时，夏日的搭配却犹如仙境撩拨着我的审美情趣，好久未曾踏进你的世界，那层层叠叠的城门像风中雕刻的褶皱，又像章回小说的情节来回折腾着，永远不知疲惫。绿，就在眼前，贯穿着光阴的故事，用千年不变的初心，述说属于它的历史它的情怀它的名字。宋夹城，有我无法割舍的牵挂，就在这一山一水之中，一景一象之时，当我深情凝望时，我知道它是爱我的。

我抬头看天时，天正看着我，有一注光束穿过树叶直射而下，光芒只留在半空中，让你以为它只有这么长，而不是故意扫了我的兴。满耳是蝉声，忽高忽低，又如平平仄仄的韵律，在你的想象中，交织着变幻着，要把夏日的宁静连同酷暑的汁水搅拌在一起，告诉你，这才是盛夏的方程式，在天地之间，只有灵性才是它的解。仔细辨别，还有蛙声，鸟叫声……在蝉鸣的低调奢华中凸显，仿佛交响曲在变奏，在没有结局地吟唱咏叹中，繁华着所有的章节。而究竟谁在指挥？这是个千古不解之谜，无人知，也无人问……

这是夏日的景象，在阳光下，在微风中，在树枝摇曳的诗意里，每一个镜头都满满地充盈着流苏的溢彩，让你仿佛置身于童话般的故事中，你只负责打开窗户，跟着我……水面光亮而不清澈，那飘浮的绿草，其实不是绿草，我叫不出它的名字，稳稳妥妥地占领着阳光可以直射的画面，不知道这样的装扮，是否意味着一种张扬还是铺张，只在我一转身，便可以轻松地描述它的个性，也可以很容易把它遗忘……这树上是夏果，我们第一次见面，你坦诚地裸露着全部，丝毫没有羞涩和慌张，也许我们前世早已相识，只为这一见，你费尽了心思……

一切都在四季变化中暴露着真实的身份，初恋、繁华、热烈、衰败、终了和消亡这是谁也无法改变的过程，我们只在其中扮演着角色，谁也无法剥夺我们主角的权利，在自己的剧本中。而历史的足迹却在刹那间成为永恒。这是何等的智慧和创造，是天人合一的生命……城墙屹立在天地间，像这个城市的守门人，那些飘扬的战旗在提醒人们，从古到今，从今往后，这个标题永远存在，历史就是现在，现在也将成为历史。荷塘里已结了很多的莲蓬，想采的人一定很多，只是我不知道，那曾经在初夏里博来的青睐，是否把荷花凋零的凄美悄悄渗进了它的每一颗莲子的梦中……我不想打扰，只看一眼，连同芦苇荡倔强而单调的身影，一同随风，飘散在千年的城池中，让你无法自拔，而不忍离去……

2

听说今天没雨，我忍不住想看你，两周没来，总想着你在风雨中的模样。少有的蓝天衬着大块弥散的白云，让人有点担心太阳是否会来一直陪我穿过这片绿的完美，宋夹城的城墙依然那么庄严肃穆地屹立在我的眼前，在夏日风中显示着永远不变的情怀和苍凉，桥的两旁有疯长的芦苇，遮住了水面迷糊了人的视线，我很想看看这个夏天里，这片芦苇会荡成怎样的温柔和感动，在我甜甜的记忆中，散发撩人的气息。小鸟在草地上散步，我得轻轻地，因为它也正轻轻地告诉着我的镜头，这里的一切很美……

我看见了蜻蜓在低飞，我听见了蝉鸣的高频的婉转还有鸟语的缠绵，细听还有很多你无法看见的生命的气息，它们都融在这个夏天的热情中，延续着生的美好和光明。桥下是荷叶连着荷花，离我很远，我分不清是莲花还是荷花，我却感受到了它的娇艳和恬静，感受到它昨夜在我的梦中抚慰我孤寂的灵魂，和亲昵的呼喊。梦与现实竟如此的同步，谁能告诉我，我现在在哪里？

一位老者向我走来，吟唱着《红星照我去战斗》中的"小小竹排江中游……"他一定把脚下的跑道当成了河流。细细想想，他说得没错，人生的道路就是一条生命之河，你可以乘风破浪，你可以搏击风云，只有勇于面对困难的人才能达到彼岸。听，"万里江山披锦绣"的豪情壮志在宋夹城的上空飞扬着……草坪被修剪得失去了春天的浓郁，光裸着迎接夏日的火热和调情，因为有阳光，有雨露，有来来往往行人的关注，还有我对它们深情的回眸，就一定会绿出你心中的灿烂和美丽。"你拍吧，把扬州的宋夹城全拍回去吧，越拍它会越美丽！"一位走路健身的老太错把我当成了外乡人了，她哪里知道，宋夹城是她的，也是我的，是扬州人的，也是外乡人的，更是属于每一个爱它的人的，当然也是你的！

走向阳光里的欢乐，常常在一笑一瞥之间，一举手一抬足之中……宋夹城，你早！

烈日下暴走宋夹城是我连日里的盼望，想着这里的一花一木、一石一草，总是心生喜悦和向往。天很蓝，似乎一望无边，看不见一片云彩，满目的苍翠浸泡在知了的欢叫声中，似乎醒来了，似乎又沉醉在其中，与天空和大地的遥相呼应媲美着。蜻蜓飞得很低，停在空中，向我展示着它们的轻功，又仿佛让我伸手可得，可当我走近它们时，它们竟一哄而散，和着我前行的步伐在树影斑驳的跑道上，两边的杂草在欢腾，似乎在等待夏日里我来的这一天，就今天！

青青来了，她是来拍宋夹城中的我来的，可她并不知道，我却早已用我的双眸把她收藏在了我的眼底了，"那片荷花正开得美丽，二小姐，把它们比下去！"我踩着河边的青草移向那片荷叶，荷花骄傲地含笑，一定在笑我的愚蠢和冲动，还有我的痴情单纯。汗流了满身，我的头发还有我的衣服都在这流淌中感受到了从血液里流动的热情，绿，仍然是绿，是这里的主题曲，你会沉醉于睁眼闭眼之间，不信，你看！

"快看，那片美人蕉正开得艳丽，"我曾经无数次经过它们，却从来不知道它们的名字，春天里我从它们身旁路过时曾惊叹过，如今的黄在这片绿中更显耀眼和娇媚，我不知道它们是否会开向这个夏天后的秋天，也许花儿比人更懂得珍惜和感恩，我手捧着它们，竟感受到了它们从根茎中传递过来的浪漫，那是它们在向我表白：二小姐，夏安！烈日下宋夹城的美，在大自然的多姿多彩的搭配中更显年轻和活力，和着我的笑，你会感受它灵动飘逸的每分每秒！

多远我便看见了她正蹲在草地上，绿色的防晒衣和绿帽子在阳光下折射出了迷人的风采，"快来，我为你丈量了一片净土，我为你腾空了一片绿地，我为你在烈日下请来了一片凉爽，二小姐，请上坐！"青青在灿烂阳光中笑得更灿烂，我知道，这是一份友情在阳光中的美丽展示，连宋夹城的绿都融化在我们的火热"爱情"中，配合着我的身姿和多情，为我迷醉于画面中了……天空依旧蓝，有风吹了过来，是为我们！

我突然发现地面上我的影子变得短矮起来，记得那个初春，在同一个位置我曾庆幸赞美过自己苗条的身影，我知道这一切都是由太阳来操纵的，它的位置决定了我的长短，这是世界上最伟大的变幻，也是最神奇的幻影，在季节的轮回中，我们同样享受着大自然的馈赠，包括阳光、空气和土壤的丰收。

"过了那座桥，我们可以看见荷塘风景了……"青青的提醒加快了我们的步伐，栈桥旁，一望无边的荷塘，铺满了郁郁葱葱的荷叶，"荷花呢？怎么不见了荷花！"青青举着相机在寻找她的目标，这一片绿中丝毫不见荷花的影子，"这难道全是公的？"我笑了，连荷花都分了公母，用公的姿态在迎接我们的到来，可是我们看到了莲蓬，正高昂着头迎接当空而照的阳光，那分明是娇艳的荷花盛开后为我们留下的遐想和梦幻。

烟雨芬芳

1

我还是来了，举着伞，隔开了天与地的瞬间表白，只在一刹那，让它们在无限的空间停留我的幻想。雨成了最好的传情之神，飘至我的眉心让我重复着我曾经的抑郁之心……天阴沉得冰冷，似乎只有风才能摆平这世间的爱恨情仇，交织着游离般的笑脸和哀愁……河面上漂浮的星星点点，是雨打成的风景烙成的痕迹，犹如古典的女子细柔轻慢的步履，我于是醉了，醉得发狂，因为我的双脚正在雨水中"炮制"着这个夏日里最冷的酒吧，让你想唱……

我高举着伞站在城墙之间，像古代的勇士高举着战旗，或者手拿战戟浴血奋战而归，骄傲地以为城门是我一个人的城门，只为我一个人打开……我知道里面有繁花开满的春天，有葱郁茂盛的夏天，有硕果累累的秋天，有冰雪奇缘的冬天……都是我的，我想是就是，谁也无法阻止……风是唯一能满满地穿墙而过的使者，连同潮湿的影子，在拨弄我的长发，只在一念之间，想做了它的新娘，跟着它去远方，去远古的战场……我仍然站在城墙面前，想做成隐形的翅膀。

这是夏日里最冷的一天，风和雨水做了我的衣裳，我披着它们行走在宋夹城的潮湿中，用我的热情向它们诉说着衷肠……烟雨中的景象犹如仙境飘落成池，影影绰绰，恍恍惚惚，在光与影的交错中，我差点迷失了方向。满目的苍翠在雨水的洗涤和滋润中更显年轻而富有，这是一场没完没了的戏剧，只在天地间畅享自由的灵魂，一切都在各自的生命中做着自己的主人，遵循四季的轮回，甘愿生与死的存在，做一棵树、一片荷叶、一滴露水、一个倒影。

在雨中，我终于看到了一点红，不，是一片红，满树的花开妖娆了我目光中的沉静，我一刻不能停止我的欣喜，在欣赏中我似乎看到下一个季节里石榴结满枝头的喜庆与满足……雨还在下，我依然撑着伞，让满世界都成了我的记忆！那边是一棵结满枇杷的果树，孕育着生命最后的辉煌，诱惑着南来北往的视线……有一只鸟停在草地上，聆听风中传来的消息，等我走近它，它便展开翅膀让我羡慕它的自由和骄傲……还有树林中的小桥流水，在宋夹城的烟雨中浸泡着芬芳……城里人都是从城外来的，又终将走出城外，做城外的城里人，而我永远是从一座城走向另一座城的城外人……

2

"去宋夹城吗？""啊！""我说去宋夹城吗？""可我分明听到了雨声。""我就是想看雨中的宋夹城。""你，真是一个浪漫的人。"从午觉的梦中被红红唤醒，生怕被她瞧不起，我于是欣然答应了一个诗人的邀请，第一次举起了雨伞，迈向了宋夹城。秋雨中带着寒潮，秋风中夹着凉爽，那一地的潮湿倒映着一千年城池的躁动，像一幅山水画把千年的羞涩照亮。于是这雨便成了这天地间最美的神器，在灵动着山水，飘逸着草木，梳理着我的心绪，连同那些晃动的雨伞都在被雨水装扮成风景。彼岸花——凄凉地开满了一地，拥有着凄美的爱情故事，可她并不知道自己的身世，更不知道那久远的情人今在何方？

我并不知道这水中漂浮的是什么？它们像一张张散开的蒲扇，浮而不沉，媚而不娇，那些托举的水珠像颗颗滚动的珍珠，晶莹剔透而闪耀开朗……而荷叶却像一张雨伞立在河的中央，支撑着整个河面，让你以为它是高傲的女王傲视着水面的臣民。

一切清新得甜美而潮湿，像正在沐浴的女人，等着她的爱人……绿已经覆盖了整个世界，连同水面的涟漪也浸泡其中，向更绿延伸。"扬州人不懂浪漫。""为什么？""这人都躲到哪里去了？""你不讲理，雨天谁会出来？""这是情调，情调，你懂吗？""我不懂……"诗人的情怀我真的不懂，我后悔跟着来了，因为秋风吹冷了我，我的双脚浸泡在冰冷的浪漫中。"看，一个值得欣赏的人！"红红突然叫了起来，前方一位真正的勇士在雨中奔跑着，他笑着朝我走来，我笑着朝他走去，"嘿！勇士！加油！"他飘然而过，我听见雨滴声在敲打我的伞顶。

抬头遥望城楼上飘扬的战旗，它依然坚守着那份承诺，带着潮湿也带着凝重，仿佛在传唱千年的爱恋，孜孜不倦而又乐此不疲。那一片芦苇荡已经枯萎了连同湖中的荷叶，一起经历着周而复始的循环，从春走到了秋，而不变的却是永恒的轮回，让你以为，希望总在明天，而明天永远都在。这是一群雨中的劳动者，他们是最美的雨中秋色，雨成全了他们，也成全了天地，而我却成了最大的受益者，因为我大饱了眼福……

3

落了一夜的雨，担心雨水早已消融了积雪，我撑着雨伞，来到城门下，来看雨中雪景中的你。你果然在雨中脱了色，只留下一些白在烟雨朦胧中忽隐忽现……山水澄明，那是雨洗的雪，雪融的雨把和谐演绎得淋漓尽致，仿佛把千年的回忆都映在涓涓的湖面，门檐的水声打破了城楼的寂寞，声声清脆，那是积雪融化后最后的声响，告诉我，这是天对地的呼唤，只有我一人知道，一声接着一声。

她来了，与我约会，她把她的恋人也带来了。雨中，她让我站在雪中做各种矫情的动作，雨水模糊了我的视线，是雪中雨景还是雨中雪景，我突然想奔跑，想大声叫喊，想把我的心里话告诉这天地，可是我只想让你一个知道，我爱你！幸亏还有雪在，在高处的屋顶，亭尖，树梢，在低处的墙角，河边，树根旁，还有在我视线扫描的最后瞬间……没有侧光也没有逆光，太阳却一直在她的身旁，想着它的光，在打开她的心房……我的呢？

满世界是雪，是雨，除了我的伞下，脚下。那片池塘依然在流动，那水面漂浮的绿衬着岸边的白，让这片雪中景色亮了我的眼。一座小红桥，唤醒了这片白，我站在桥头，在理顺风中摇曳的思路，把雨中漫步的幽静，沉淀在雪中……这是我记忆中第一次雨中赏雪，第一次把宋夹城雪景的美浸泡在我的诗中……与你分享我的太阳，我心中一直陪伴我的光芒。

终于在南门的内侧寻见了一片纯粹，让我以为这是北国的雪落在了千年的等待中，我可以想象其中的足迹，是否是故事中的主人在寻找心上人回家……她要回家，带着她的爱人，相机，有一个人正在等她回家，在炉火旁，正张开双臂等她入梦。天还要下，也许雪跟着雨会来，我们无法选择，只有承受，就像迎接挑战和梦想……我举着伞走在通往北门的大路上，宋夹城是我一个人的，我不想回家。

我将去何方

1

已有许久未曾来见你，我刚从春梦中醒来，那些梦中虚渺的景象还在继续中，我无法控制我的脚步来踏你的世界，吹干我潮湿的诗句。时间就像流淌的河水在清澈中渡过每一个思想者的磐石，我柔弱地想象春天里温暖的每一个瞬间都是大自然赋予的恩惠。在寂寥中从来没有停止过爱我，我属于这天地万物的本源之道，谁也无法掠夺我的青春和骄傲。城门在一道道打开，在逆光中，我看到了光明的呼吸和心跳，那是永恒的自由在畅游，正穿越时光潮流的隧道。

天空是淡蓝的，仿佛清洗过一般，安静地挂在上空，让每个浮躁的心灵在抬头的瞬间便可轻松地享受阳光的陪伴。河水是青色的，连同飘浮的两岸的树影，在光与热的抚触中安静地随风而行，波光潋滟中，灵动生春。树林草地葱郁得流油，满眼的春色在朦胧中生机蓬勃，一切都在滋养中向更春处迈进。行走在画中，恍如梦境，谁能告诉我我究竟是谁？漫天的杨柳絮纷飞如雪花，但比雪花更多情，在风的提示中，它们上下飘浮在你的视线中，穿梭着每一片春光。

"落红不是无情物，化作春泥更护花"。这是古人的感叹，借抒发离别之情转入抒发报国之志。我却以为那落了一地的花瓣是春天里绽放的美丽，最和谐而生动的春之韵。生命在每一次落花中完成梦想才成就了它自己……伤春虽无情却是痛并快乐的感觉，真实而精彩，谁也无法逃避这样的美丽，于是才有了你我的人生。小桥流水的静谧早已定格在诗情画意之中了，而在我的眼中，一切都是流动的相思，在春光中栩栩如生，争春而不伤春，当路过桥头时，我看见了自己的影子，从那片落花的无情中飘扬而过。

杨柳絮终于拖着疲惫的身心完成了最后的落体姿势，在梦里水乡它们并不知道自己再也无法飞起。池塘里落满了杨柳絮……白色一大片，均匀地弥漫开来，像人工造的又像天工的巧合，那么安静地涂抹在水面，躺着享受着终极的浪漫，这是天空太阳季节和大地共同完成的，而风才是真正的掌舵者，它不露痕迹地吹来吹去，像个国王，主宰着空中的世界，拒绝一切可以拒绝的眼神和盼望，始终在云端你无法触摸的地方……如此，我走到了十字路口，南门东门西门北门都在我的眼前，都在春风得意地拉扯着我的诗行，我将去何方？

2

新春后第一次来看你，我在仰望天空，祈求光明的无限，用充满爱的激情让春光洒落在我的脸上、身上和心上。我于是假扮成你的新娘，跨进了城门。城门始终敞开着，用它满怀的深情迎接我的脚步，在每个瞬间等待着风从千年的城墙壁上穿越，在饱经风霜的季节里，与我同唱一首《风之歌》！有比你更厚的门，更重的墙，却永远没有人比你更懂我的激情，那是你给我的，带着穿越世纪的风采而来。

看不出一点春的迹象，苍劲而枯萎的树干却在用坚强和柔美细数着春光，让你在不经意间停留在某个枝头上，跟着春之声的韵律，想象蓬勃生春的景象。风在和谐着江南古城遗址的气质，古朴而典雅，仿佛从未有过沧桑，也从未停止过幻想……天总是在做陪衬，当你仰望时，你会以为，这一切都在它的操纵之下，从未离开过，也从未停止过……

"留得残荷听雨声"，似乎成了绝句，延续着古人对枯荷的一片深情，我无法想象诗人是如何做到让所有的人都身临其境，如置身于荷塘月色之中，津津乐道了千年？如此这般，中国的文字博大精深，所以才能上下五千年源远流长，生生不息。眼前的残荷，我已经无法形容它的存在，这是一种苍凉而悲壮的美，向死而生，让倒影拉长了生命，重复着枯枝的容颜，把一生的幸福和遗憾都留在了水面之上，让永恒定格在这里，成为一道风景，迎接下一个轮回。

曲曲折折的栈桥，在保障河的水边流淌着坚硬的足迹，让人依恋的不仅仅是河面风光，还有踏着栈桥而行的感觉。行走在南北城门之间的通道上，我以为天是我的，地是我的，这春光灿烂更是我的。天地之大，包容着我，我是多么的渺小，在天地给我的爱中，我将怀抱天地。"大道无形，生育天地；大道无情，运行日月；大道无名，长养万物"我陡然明白了这句话的用意，我原本以为这是圣人的感悟，与我无关，在天地间，其实我们每个人都是主人……当春天真正到来时，盎然生机的事情都在发生，眼耳鼻舌身意在其中受想行识，亦复如是。

3

一切便这样展现在我的眼前，我还没有来得及收拾好你冬的凉薄，你的春就这样舒展在了我的眼前。这是这个春天的感觉，色彩的鲜艳让我目不暇接，我不知道是谁如此巧夺天工，让五彩缤纷成了你的骄傲，成了所有人爱上你的理由。绿已覆盖了整个宋夹城的脸庞，那是大地吐露的春的乐章，红的黄的紫的是春之声中跳动的音符，让你聆听到的，还有鸟鸣蛙叫的交响乐……在光阴的故事里，我们重复得最多的就是春的感觉，因为春天是美好的，是温暖的，是惊喜的，更是充满希望的。一切欣欣然苏醒的样子，我喜欢！

那些树一直立在河边，从去年的冬天起就剥光了自己，等待这个春天的新衣。在当初梅花开放的时候，有人就悄悄指着旁边蠢蠢欲动的它们，告诉我它们的名字，桃花树。桃花，一个温情浪漫而又"色情"的名字，自古以来便是文人骚客手中的道具，他们用它来编织爱情和幸福，因为它孕育的是情种，诉说的是浪漫，播撒的是希望。在它的面前，没有人不羞涩，没有人不"人面桃花"了……太阳升起来，明晰了万物，还有我的心！

人们喜欢在这个春天里留下笑声，留下身影，留下足迹。那是爱在传递中留下的痕迹，是美好更是感动。"妈妈，妈妈，笑一下！"一位老太太被一对男女搀扶到了草坪上，老太太坐在地上，笑了，我看见了路边停放的轮椅。感谢生命的同时，更应该感谢这个春天给我们带来的欢乐。迎面是两个轮椅，谁都看得出来，那是两个儿子在推着一双父母，那位母亲的笑脸会永远留在我的记忆中，留在这个春天里。连春天都在笑了，谁都有享受它的权利，它该骄傲才是……

劳动者的背影在春光中更妩媚动人，那是土地上的人们生存的根本，没有理由不去欣赏每一个靠双手生活的人，从内心深处发出的，也同时是对我们自己的赞美。孩子是希望，是这个春天里最活跃的思维，因为，他们在成长，从春天开始起步，沐浴在阳光下，滋养在春风里，呵护在爱的目光中……春天里还有更多的故事在你的心中，你不告诉我我也知道，因为那故事正在发生！

澎湃的钟声

1

新年的钟声穿越了时空的河流像澎湃的潮水拍打岸边，当晨曦在分辨霜雾和烟霾的空隙时，我怀着感恩之情，用无限的遐想和激情，诉说宋夹城千年的过往和尘埃里埋藏的故事……烟雨沿着湖面的宁静和安详朦胧了城墙脚跟的盼望，挥洒如墨熏染了城门之间的距离和等待，变换一个视角依然看到闪烁的光辉，苍茫得迷醉了天空飘摇的方向……我想要太阳，那是我眼中心中不灭的光，在昭示永恒的主题，变奏成一袭守护城楼的梦想，依旧是盼望。

衰败的冬景里无法掩饰的生机在蠢蠢欲动，那片铺平的绿在池塘孕育生命的明天，寒冷只是个传说，无法抵御的是向往，蓬勃生春的向往。穿过这片树林，我看见了阳光，那条河就在我的身旁，有鸟儿掠过水面，有风儿吹皱湖的脸庞，倒映的残荷、残荷的倒影，在庄严地等待更枯萎更萧条更苍凉。这是一种美，一种大美，生命的停息依然在唤醒四季的过往，你能体会和想象。

开始放晴，光明沿着无限的轨迹在奔跑，天空澄明起来，浅蓝衬着弥散的风展示它的本色，太阳开始轻柔温暖我的笑容……我转过身，惊奇不已，眼前的风景，分明是一幅幅天然的油画在大自然中展现它最华丽的身姿，几乎无法挑战，我无法形容它们的美，小桥流水，人家烟囱，门前小树，烟花如雪，婉转曲折，延绵悠长……天然的沼泽地铺就了一条虚拟的网络，让我以为是仙境，我身在其中！

我突然发现和谐才是最美的风景，就像我们走过四季，四季也在走过我们，生生不息地传承下去的是我们对自己的承诺和责任。一份光明代表一个梦想，一片生机代表一个希望，在生死之间，在有无之间，无须再彷徨……我走在大路上，看天看地，看风使舵的方向，看树枝的枯萎在阳光中沉睡的模样，回头我还闻到了草的芳香，那边有孩子的笑声，在成长……

2

不打算来看你，因为你根本不想我，可是我却放不下你，担心外面的冷会疼了你枯竭的树干和土地。天那么的蓝，仿佛从未刮过风，衬着枝头的冷漠，把一切都定格在一瞬间的从容与淡定之中……让阳光照过来，细点城楼的寂寞，却无法转弯去欣赏城墙之间的距离，那些曾经留下的痕迹都在光阴的故事里继续延续千年的等待，一年年过去了，一扇扇城门开了又关，关了又开，如同四季的花开，芳香却永远在。

看来这一切并不公平，东边的河面飘浮枯荷的倒影，西边的河面却凝结了薄冰的羞涩，是不是枯荷的热情还在，让寒气留住了脚步，在期待幻想、恋爱曾经的余热……一个老友来了消息，告诉我结婚十多年的妻子突然怀孕了，这似乎是天大的喜事，万物皆有因果轮回，只在一念之间心存感恩和珍惜。眼前的池塘正孕育一片生机，在逝水流年里坚守画面的美丽，谁看了也会怜惜。

树林中传来杨子荣的《打虎上山》，高亢激昂的曲调，充满豪情壮志，让我想起我爷爷的革命故事。我抬头看天，天更蓝，澄明而清朗，这是大自然对人类亘古不变的诺言，我们都是这个世界的过客，大自然留给我们的享受远远大于我们留给这个世界的骄傲，我们都是幸福的人，飘忽的风正传送很多的美好和记忆，在光和影之间。

风跟着我逆光而行，忽悠着我的长发和激情，不愿让我发出声音，在城门之间穿插而过，聆听它的呼吸和脉搏循环的声音。天空永远覆盖大地的辽阔，在嬉笑声中，吟唱希望和光明，那些步履蹒跚的孩子在来年定会狂奔于城墙之间，感受城内城外的欢欣……

3

穿上棉衣去感受冬日的暖阳，连同秋风萧瑟后的凄凉，是荒芜的渡口徘徊中的美丽，你无法想象。赶上落叶飘过我的脸颊，打疼了我的记忆和惆怅，不知千年的宋夹城有过多少的无奈和悲伤。城门中关着的故事正娓娓道出真相，如同城墙上飘扬的战旗，经历了怎样的沧桑，又如同垂暮的老人幻想曾经的激昂，在多少路口吻过月光。池塘上布满了轻飘的浮萍，衬托着枯枝的苍劲和倔强。

在春天我在这里写下盎然生机，在夏天写下蓬勃葱郁，在秋天写下繁华落幕，没想到冬天这里是一块干涸的洼地。秋风扫尽了它的浓妆，冬风驻扎在素颜之上，连同日光的冷清，一同编织一幅天然泼墨的凄凉风光。我想匍匐在大地，聆听河水曾经流过它肌肤的声音，猜想远方的春天是否开始动心。

一切似乎都已准备就绪，只等严冬来袭。落叶都躺在了泥土之上，在含笑中等待某个时刻腐化生命的光华，这不是开玩笑，是周而复始的轮回，是无法避免的剧情，因为它们都经历过风雨的洗礼，又在等待最后死亡的伟大乐章……枫叶静静地搁浅在空中，卷曲的形状无法承受风的招摇，它将告别枯枝从容地凋零。

　　走出城门，我便不再幻想，城门已打开，吊桥就在我的前方。沿着这条路，我不想停留只想着变换我眼底的花样。拱门架起了一片蓝天，述说岁月荏苒光阴流淌，还有白云在浮想。穿过一道道厚重的城墙，仿佛穿过千年的爱恋留给我的神秘和忧伤，好在春天早已在前方。

3.（1）屋里摆满了宴席，除了一张桌子是自家的，其他都是借的隔壁邻居的，凳子也是。

（2）新房的窗户和门上贴了红双"喜"字，除了一张床，就是一个老式衣柜。

（3）大伯没有上桌，站在一旁，他的手上并没有拿算盘，却在自言自语着，想必在算着每桌的人情钱和酒席的菜金。

4．总结全文，呼应开头，点明主旨。

那年我高考

① 那是三十四年前的事情了。

② 还有几天就要高考，我却失眠了。我甚至可以从晚上十一点上床，清晰地听着隔壁邻居挂钟的敲声，直到天亮。我清楚失眠的危害，于是常常一个人在夜里痛苦地流下眼泪。也许流泪是大脑完全放松的状态，泪流满面地进入睡眠状态倒成了夜晚我最大的祈求。

③ 这不是件小事，我却不敢告诉我的父母，母亲每天在变着花样帮我弄吃的，父亲每天早早地就回家，编说笑话引我发笑，虽然不好笑，我仍哈哈大笑为了让父亲放心。

④ 明天就要高考了，我努力地在放松自己，可是很遗憾，早早上床的我并没有任何睡意。大约十一点的时候，我的房门被悄悄推开了，我闭着眼睛屏着呼吸，我感觉到了是母亲进来了。她的脸凑近我的脸，我迅速假装发出均匀的小鼾声，我知道，

父亲一定不放心我的睡眠让母亲进来"视察"我来了。母亲转身离开的同时，压着嗓子低声说了一句"睡着了"，随后便是父亲的一声"好嘞!"可以想象出来，父亲一定站在门口很久了，一定一直凝神听着我房间的动静。

⑤ 我辗转反侧着，隔壁邻居的大钟敲过了十二点的时候，父亲推门进来了。"小锐，起来吧!爸爸带你去散散步!"我这才知道，他与母亲一直守候在我的门外，并且发现了我根本没有睡着的秘密。

⑥ 沿着长征路向国庆路散步，父亲跟我谈着他小时候的故事，说小时候，家里穷，吃不起，穿不起，为了逃避吃豆饼粥，宁可挨着饿。说十岁前的夏天，从来没有穿过裤子，我听了"扑哧"地笑了起来，父亲看见我笑也笑了，似乎为刚刚的故事的有效而高兴。说上了师范，每天排队买饭总站在最后一个，因为身上的衣服总是打着补丁，难为情，怕别人笑话。这个故事我没笑，我知道父亲有着他苦难深重的童年和青年，每一块"补丁"都覆盖着他心灵上的每一处伤疤。

⑦ 父亲的脸是严肃的，认真的，在这样一个特殊的夜晚跟我讲述他的故事，一定有他的道理。也许告诉我人生的道路是崎岖和坎坷的，也许告诫从此长大了的我，要勇敢地面对这个世界的一切。

⑧ 热风吹在我的脸上，我开始有了一丝睡意，父亲似乎很精神，并没有对我再说什么，我于是跟父亲说：爸爸，我想回家睡觉了。

⑨ 高考在一天天地进行着，我的睡眠一天比一天好起来，考完最后一门的晚上，我从夜里九点一直睡到了第二天的上午九

点，几乎睡醉了。

⑩ 高考不是我一个人的高考，父亲母亲一直陪着我，从清晨到黑夜，从黑夜到清晨，那是一种爱的守候，珍贵而终生难忘。

1. 面临高考，父母是从哪些方面关心"我"的？
2. 说说下面句子中加点词语的表达效果。

考完最后一门的晚上，我从夜里九点一直睡到了第二天的上午九点，几乎睡醉了。
3. 第⑥段中，父亲给"我"讲他小时候的事情，有何用意？
4. 父母对子女的爱，不仅有物质上的给予，更有精神上的鼓励。请联系实际，谈谈生活中，自己的父母是如何给你精神上鼓励的。

参考答案：

1.（1）母亲每天在变着花样帮我弄吃的，父亲每天早早地就回家，编说笑话引我发笑。（2）关心我的睡眠。（3）父亲陪我散步，缓解我的情绪。

2. 醉，原指饮酒过量，这里陶醉、沉醉，写出我睡得沉，睡得香，也表现父亲对我的开解和安慰效果之好。

3.（1）讲小时候的"趣"事，引我发笑，缓解我紧张的心情。（2）讲小时候艰苦的经历，"告诉我人生的道路是崎岖和坎坷的，也许告诫从此长大了的我，要勇敢地面对这个世界的一切"。

4. 开放题，酌情给分。审题要求：一定要答有关精神上的鼓励的事例。

蔷薇

①当春天真正来临的时候，我欢喜万物复苏万象更新，春天不同于其他季节，总有让你触景生情的瞬间，这些瞬间触发你心灵深处某些潜伏的情愫，于是蠢蠢欲动起来。比如说我院子里正开着一株蔷薇，满园的花开让我欣喜若狂起来。

②三年前，我觊觎隔壁人家的蔷薇，那花开满园的烂漫将春色浸透在了我的眼底，我并不知道它的名字，有人告诉我它就是"蔷薇"，我立刻想到几句诗：不摇香已乱，无风花自飞；不向东山久，蔷薇几度花……这样的娇羞和怒放如果能够开在我的院子里，该是怎样的情景呢？

③有人告诉我，在春天即将告别之际，一插便活。我于是偷剪了一把枝头，插在了我家院子的很多角落，我视它们为我的孩子，为它们浇水为它们施肥，盼着它们能成活，也盼着它们俊俏的身姿爬上我的墙头。

④突然有一天下班回来，我发现我的院子干净得寸草不在，那些已经开始冒出新芽的蔷薇插枝也全都不见了。

⑤"我的蔷薇，我的蔷薇，是谁拔了我的蔷薇？"我惊慌地大声喊道。

⑥"是我。"一个洪亮的声音响起。那是公公的声音，他定期来我的院子里帮我除草。

⑦"你干吗拔了我的蔷薇？"我气得浑身发抖，严厉地问道。

⑧"这枝根我庄头河边多的是，有啥可稀罕的？"公公的声音低了下去。

⑨"谁让你多管闲事？谁让你乱拔我的蔷薇？"我的声音更大了。

⑩"要不明年清明过后，我去庄上挖两颗给你。"公公的声音小得只有他自己听得清楚。

⑪公公两天没有说话，我知道我错了，我岂能因为"蔷薇"而不孝不敬？即使花开满院，没有老人的欢笑，蔷薇花开又有何意义呢？我于是对他说：爸爸，怪我不好，别生气，我不要那蔷薇了……他有点哽咽，朝我说道：我以为是杂草长进了院子，伢子，是我不对！

⑫没过多久，公公生病了。那蔷薇的事情我便再也不愿提起，我就像带刺的蔷薇深深地刺伤了公公，我那么无情的叫喊声曾经一次又一次重现我的耳畔，让我羞愧而内疚。

⑬然而第二年，在我的后院楼梯的石块下面，居然蓬勃而生了一枝蔷薇枝蔓，穿过了冬天直奔那个春天，我知道，那是一枝公公手下的"漏网之鱼"，冥冥中注定要根落我家。我悄悄地帮它梳理枝藤茎叶，暗中窃喜这一美妙的奇迹。因为公公已经重病在床，我想让公公惊喜地看见它花开满院的景象。可是第二年，它没有开花，似乎在含蓄着生机和能量，等待着时机。抑或预示着一种悲凉和沧桑，一种不祥和衰亡。

⑭就前几天，它终于开满了我的墙头，用它烂漫而娇羞的容颜装扮着我的春天，我知道这株蔷薇的寻常和不寻常，它们争奇斗艳，它们浓妆艳抹，它们静默而雅致，大气而时尚。我还知道，公公一定也看到了，他正笑着看花开在这个春天里，度过他

天国里的第一个春天。

⑮ 四月的最后一天，我想起了你，那株蔷薇是你留下的。

1．第 ① 段在文中有什么作用？

2．说说下面句子中加点词语的表达效果。

那花开满园的烂漫将春色浸透在了我的眼底

3．谈谈你对第 ⑭ 段中画线句子的理解。

4．如果你是作者，面对这最后一枝蔷薇，你想对公公说些什么？

参考答案：

1．写了我对春天的喜爱，特别是院子里正开着的蔷薇给我的喜悦，引出下文对最后一枝蔷薇的回忆。吸引读者。

2．渗透生动形象地写出了满园的春色的绚丽多姿，表达了我对隔壁人家花园的喜爱和羡慕。

3．这株蔷薇"寻常"是因为它也是普通的蔷薇，"不寻常"是因为它是公公手下的"漏网之鱼"，它凝聚着我的愧疚和对公公的怀念。

4．答案不要求统一。表达愧疚和怀念即可。第一人称作答。

母亲的汤圆

① 小时候过元宵节，最喜欢吃母亲的汤圆里包荤油馅的那种，因为平常吃一顿肉不容易，香喷喷甜滋滋的荤油游进肚子里

的感觉很舒服，让你回味半天总还想着咬开的一刹那，见到油时神仙般的滋味，有时不舍咽下含在嘴里半天。那时候，母亲和的糯米面很结实，锅里的汤圆从来就不破一个。

②自从工作成家后，每年的元宵节，我都能收到母亲从家乡泰兴捎来的汤圆，花色品种似乎更全了，除了荤油的，还多了荠菜和豆沙的。下到锅里，总是那样的硬朗，有咬劲。母亲总是做成各种形状来区分不同的馅，滚圆的，是芝麻糖的；椭圆的，是豆沙的；扁的是菜的；带个尖的，是荤油的………

③可是，咬开后的感觉渐渐失去了小时候兴奋心跳的滋味了。虽然汤圆亲切而清香的家乡味道依然还在。

④不知从什么时候起，锅里的汤圆渐渐裂开了缝，渗出了里面的豆沙、芝麻糖，还有荤油，常常下成了一锅的"杂烩"。母亲做的各种区分汤圆的形状已变得毫无意义，我只得捞出相对完整的给儿子和先生吃，我吃锅里剩下的杂烩。

⑤然而八十岁的母亲却乐此不疲。我不清楚母亲是否知道她的汤圆的下场。因为她有糖尿病，她只做不吃。

⑥前两天，母亲又端来了一托盘做好的汤圆，各种形状的，看着它们似乎比吃起它们更舒服。我不想让它们下水，我怕它们破身，坏了我童年的记忆。

⑦父亲打来电话，是为汤圆，告诉我，母亲的眼睛不好使，母亲的手关节有问题，告诉我母亲昨晚彻夜在做汤圆，还叮嘱我不许说汤圆的坏话……

⑧锅里的汤圆早已不再硬朗，白色的糯米面团见水很快变得柔曼起来，它们一个个咧开了嘴脸，像婴儿的脸一般在朝我笑。我知道这是母爱，无私、温柔而甜美，体贴而多情，此刻的

我是个幸福的人。有多少五十岁的女儿能尽享一个八十岁母亲如斯的疼爱？这应该是人间美好时光的奢求，我岂能不珍惜？我想我只能告诉母亲，我们大家都喜欢母亲的汤圆，我盼望着母亲的身子永远硬朗，我更盼望每天都能看到母亲的笑脸。

⑨ 杂烩有什么不好？有营养有味道，还是一道风景。

1．请根据课文内容，完成下列表格。

母亲的汤圆	汤圆特点（或"我"的感觉）
儿时	（1）
工作成家后	（2）花色、品种更全，硬朗、有咬劲
现在	（3）

2．请从修辞的角度赏析第 ⑧ 段中画线的句子。

它们一个个咧开了嘴脸，像婴儿的脸一般在朝我笑着。

3．文中①②两段写儿时和工作成家后的汤圆有什么作用？

4．联系实际，说说你生活中有没有类似用"爱"制成的"美食"。

参考答案：

1．（1）回味半天、结实；（3）失去兴奋心跳的滋味、成了"杂烩"（柔曼）。

2．比喻、拟人，将汤圆比作婴儿的脸，生动形象地写出汤圆裂开时的情态，表达了对母爱的赞美。

3．为下文写现在的汤圆作铺垫，也与现在的汤圆形成对比，突出母亲现在包的汤圆不如以前结实，表现母爱的伟大。

4．酌情给分，不设统一答案。学生写出生活中体现"爱"的美食即可。如能写出类似原文的前后发生变化的食物可给满分。

一把青菜

① 那是一个傍晚，天快黑了，窗外突然刮起了大风。这已经是深秋时节，风一刮，气温一下子降了下来。我决定赶紧下班回家，还得买菜还得烧饭。路过菜场，途中买菜是我多年的习惯，一是顺路，可省时省事；二是可以遇见进城卖菜的农民，"倒篮菜"有时又新鲜又便宜。

② "美女、美女，还剩一把青菜，你买了吧！"突然有一个女人挡了我的路，她手捧着一小篮子青菜，就差拽住我的衣服。"我家里还有老人孩子等着我回家照应，你买了吧！"

③ 昏暗的路灯照着这张脸，三十多岁，却不年轻。我看到一双祈求的目光在夜色中闪烁，清澈透亮，越过冷风，震颤了我的心房。

④ 我同时看到了她手中满满的一篮子青菜，凭直觉一定是家里种的。干脆全买了吧，还犹豫什么？也许能帮她一下，让她天完全黑之前拿上钱赶紧回家。这风越吹越大，她刚刚似乎还说家中有老人有小孩的，怪可怜的，对！买了，让她早点回家。

⑤ "我全要了。多少钱？"我抓起一把青菜，想看看卖相，我其实早就想好了，好坏我都要了。

⑥ "全要？太好了！谢谢！太感谢了！你就给八块钱吧！"女人脸上兴奋地堆起了笑容，并迅速从口袋里拿出一只塑料袋，

抓起青菜放进袋子里，边装边说，"我种的青菜是无公害的，没有农药没有化肥，你就放心吃吧！"

⑦ "不要找了，早点回家吧！"递给她十块，看着袋子里不太像样的青菜，我认真地跟她说。虽然对青菜不满意，但我心中还是乐意的，看着那个女人收起了钱，我有了一种救世主的感觉。

⑧ 既然买了这么多青菜，干脆再买点水面，晚上就吃青菜下面吧。路旁正好有一个超市，我走了进去……

⑨ 买完水面，我走出超市的时候，突然从街头又传来了熟悉的声音。"美女、美女，还剩一把小青菜，你买了吧！"我立马循声而望，远处路口，还是那女人正拦着一个女人，还是那篮子，还是那青菜……

⑩ 我突然有了一种上当受骗的感觉，她竟然欺骗了我的善良。我太傻了，这女人太狡猾了，菜篮子里还会生菜？这女人一定有同伙。

⑪ 我站在路口，决定搞明白这是怎样的一个"骗局"。我站在远处，耐心地等着那个女人卖完篮子里所有的青菜，悄悄地跟在了她的后面。

⑫ 这是路旁的一个巷子深处，停着一辆破旧的三轮车，夜色中看得清清楚楚，三轮车上瘫坐着一个老人。老人正焦急地看着远处向她走来的那个女人，脸上竟露出了欣慰的笑容。老人的旁边，坐着一个三四岁的小孩，小孩的旁边还有一把青菜……

⑬ 我立刻停下了脚步，掉头向另一个方向。这一刻，我不愿让女人看见我，我更不愿去惊动她，因为还有一把青菜……

1. 本文第①段中的环境描写有什么作用？

18

2．请从人物描写的角度赏析第③段中画线的句子。

我看到一双祈求的目光在夜色中闪烁，清澈透亮，越过冷风，震颤了我的心房。

3．如何理解第⑬段中划画句子？

4．你对文中的"我"怎样评价？

参考答案：

1．写了深秋的刮着大风的傍晚，交代故事发生的背景，为下文卖菜的女人出场作铺垫，奠定感情基调。

2．神态描写，生动形象地写出了卖菜女人热切盼望"我"买她的青菜的表情，表达了"我"对她的同情。

3．不愿让女人看见我，是不希望让女人知道我已经识破了她的"骗局"，不愿惊动她，是希望她是点卖完剩余的青菜。

4．善良。"我"为了让卖菜女人早点回家，把篮子里的青菜全买了下来。后来即使知道卖菜女人的"骗局"，却依然充满同情和理解。（人物特点表述清楚，与人物特点有关的文章内容要表达具体。）

夜班

①父亲给我填志愿时填了口腔医学专业。父亲说："我打听过了，只有口腔医生不上夜班！"我以为是真的，父亲他们都以为是真的。从实习时我便上了夜班，我知道，父亲上当了，我上当了吗？

②　那年才工作，无忧无虑的，浑身有的是力气，早早地就到病房，等着白班的下班，等着跟他们交接班。夜班的主要任务除了急诊，便是负责病房的口外住院病人。虽然夜晚很漫长，但因为与耳鼻喉科和眼科医生同在一个病区，加上病房护士，四个人一点也不寂寞。我们四个人常常各忙各的，都闲的时候便是夜深人静的时候。

③　"小孔，对象谈得怎样？"

④　"才谈。"

⑤　"要没有，我来帮你介绍个教师。"

⑥　"谢谢！"

⑦　"唉，这电炉还真快，一会儿工夫，这大米粥的香味就出来了！"

⑧　"要带点油盐下个面条也不错。"

⑨　"天冷了，我老婆刚刚送的夜宵，大家尝尝。"

……

⑩　不知从哪天起，医院发福利了，一个夜班一块钱，食堂十二点之前供应我们夜宵了：一碗面条、一个鸡蛋。就这个，很让人向往，因为那面条上飘着一层亮亮的荤油，还有绿色的蒜花……那是在黑暗中从食堂打过来，热乎乎的，穿过了半个医院。

⑪　四个人彼此很和谐，就像是同一个战壕里的战士。过了十二点，医生忙完了便可以去值班房休息了，护士也换了人，接下来只有换班的护士一个人守着病房到天亮。除非来了急诊的时候，她去值班房叫醒医生。

⑫　无数次梦中听到敲门声："口腔科急诊！"无数次刚刚躺

下又听到敲门声："又是口腔科急诊！"无数次一个晚上不停地进手术室，也有进了手术室，忙到天亮的……

⑬ 那时候年轻，不觉得累。我惊讶于人间的千姿百态，人间的辛酸苦痛有时在白天看不见的，夜里却都能看得清清楚楚。

⑭ "我一躺下，牙就疼！牙一疼，我就来医院！"

⑮ 有病人一个晚上能来几次，他不怕你嫌他烦，他等不到天亮，他睡不着。这不能怪他，牙髓炎的患者躺下疼痛会更明显。车祸的，外伤的，往往首先受伤的便是头面部。

⑯ 有一次，一个五岁的小女孩，夜里被自家的狼狗咬了，把她的脸从左边掀到了右边，整个一个血肉模糊，骨肉分离的惨相。我在手术室缝了整整一夜，那个小女孩很配合，没上全麻，居然一声没吭，我吓得一边缝一边喊她的名字，缝好后，我抱了她很久……

⑰ 最让我难忘的是一个夜里，病房的一个六岁的病危男孩，蜂窝组织炎引起的菌血症，在我面前活生生地走了。是个二胎，父亲抱着死去的儿子蹲在地上痛哭不止，哭声一直在走廊上回荡，灯光下，父子俩瘦弱单薄的身子一直留在我的脑中。这是个难忘的记忆，是我第一次面对病人死亡的来袭，我知道谁也无法阻止生命的离去……那一夜，我没闭一眼！

⑱ 下夜班时，常常感觉脚底发飘，如入了仙境，仿佛成了仙。

⑲ 夜班，我上了十几年，学到了很多……我清楚，我没有上当，父亲便也没有上当。那是一笔财富，对于任何人，你不经历，你永远不会拥有。

1. 本文写了上夜班时的哪些往事？请分点概括。

2. 第①段有什么作用？

3. 请赏析第⑱段画线句子的表达效果。

下夜班时，常常感觉脚底发飘，如入了仙境，抑或仿佛成了仙。

4. 文章结尾处说"那是一笔财富"，请说说"财富"的含义。

参考答案：

1. 闲时与同事聊天；与同事一起吃夜宵；急诊医治五岁的小女孩和六岁的病危男孩。

2. 写自己及父亲对口腔医生不上夜班的误解，引出下文对上夜班的回忆。欲扬先抑（先说"上当"），使文章有波澜。

3. 生动形象地写出了"我"的劳累，但又乐在其中的情态。

4.（1）夜班让我感受到同事之间的和谐、友爱；（2）夜班可以让"我"体会到人间的"千姿百态"和"辛酸苦痛"。

是谁病了

① 虽然这件事已经过去快十年了，可那位姑娘的神情笑貌，还有那凄婉的叫声，却总在我的眼前、我的耳旁回放。

② 那一年刚刚春节过后，一天，一对父女走进我的诊室，他们是宁波人，女儿在扬州大学上学。刚刚考上研究生，因为前牙反合，想矫正。从神态和言行上我觉得没有什么不正常，看得

出她心地善良，比较内向。我们交谈得也很顺利，于是我决定帮她治疗。或许，那个时候的我根本就没有把患者的性格和精神方面的因素放在重要的方面考虑，只觉得她性格温顺，文雅有礼貌，同样她的父亲也是位知书达理之人，记得是位小学教师，说话慢声细语，有条不紊。我想这样的患者在配合上应该是没有问题的，还有什么话好说的，给她做呗。

③ 有一天，也就是在她第二次复诊时，她突然问我：孔医生，我走在大街上，我看到几乎所有的人都在嘲笑我讥讽我，我甚至不敢看他们的眼神，我心里好害怕。我停下手中的活，愣在那里，因为这句话让我吓一跳了，本身这句话就不是一句平常人能说的话，是精神和心理极度脆弱和自卑的人的语气，如果她不是我的病人，我一点也不着急，可她偏偏是我的病人。而且看样子治疗才刚刚开始，我反复问她，这个症状从什么时候开始的？她说才开始，我吓得一身冷汗，这很容易让人联想到她之所以出现这样的精神状况，一定与我的治疗是有关系的。

④ 我放下手中的活，朝她微笑，夸她聪明漂亮，给她自信和骄傲，并不断鼓励她，要树立正确的人生观。人活着，根本没必要在乎别人的脸色和眼神，别人主宰不了自己，人不仅为自己而活，更为社会而活。人要在活得精彩中做有意义的事情，而做有意义的事情才体现一个人的价值……说得她点头，似懂非懂，说得我自己心里慌慌的，我知道，如果这样的病人真有心理障碍或精神分裂，根本不是靠我的几句话能解决问题的。我得赶紧加快速度，帮她结束治疗。

⑤ 原本一年的治疗，我三个月快马加鞭小心翼翼地匆匆结束了。结束的那天，我才松了口气，我以为从此我便可以不再与

她打交道了。我常常听她冒一句：昨晚上月亮好冷，我好可怜它一个人在天上。我知道，这是诗人的浪漫情怀，可是她毕竟不是诗人，她的精神完全处于另一个世界了。她告诉过我，树上的叶子会一片一片地飘落下来，盖在她的身上，她会跟着叶子翩翩起舞。听得我毛骨悚然，心惊肉跳。看着她离去的背影，我突然感觉自己似乎做错了什么，而且有一种预感，一定有什么事情会发生。

⑥ 果然，半年不到的时间，他们父女俩再一次来到我的诊室，这回不仅仅来了他们俩，门外还来了十几个人，男男女女的，说着宁波话，气势汹汹地涌进门。父亲哭着告诉我，女儿得了精神分裂症了，没法上学，已经退学了，这一切都是在我给她治疗后发生的，而姑娘却扑闪着天真的大眼睛，一见我便上前给我一个热烈的拥抱，像久别重逢的亲人一般，甚至激动地跳起来：孔医生，孔医生，终于又见到你了……

⑦ 门外跟来的十几个人，叽叽喳喳七嘴八舌地在向我发问，"你得负主要责任！""原本好好地来的，就是你造成的。""我们要找你们医院，这是医疗事故。""你得给我们一个交代，这姑娘一辈子前途毁了……"我愕然了，我真的曾经害怕过会有这一幕出现，我不知做了多少次祷告，希望上帝保佑这位姑娘可以康复，一切正常，然而该来的还是来了……

⑧ 我说，这一切没有理论依据，从没有过这样的报道，我说，她在最初时便出现了不正常，是你们隐瞒了病情，我说实在要定我的罪，由医院来协调解决，不是你们说了算的。父亲在流泪，十几个在控诉，我一边流泪一边心疼这位姑娘的悲惨遭遇，一边想着下一步我该怎么办？

⑨ "哇……"一声悲怆的哭叫声突然发出，姑娘一下子坐到了地上，痛苦地叫喊起来："不许你们这样，不许你们这样，不许你们不尊重孔医生，不关她的事情，我生病在看牙前就有了，是你们不给我看的，你们才是最卑鄙的人！"听着她的叫喊，所有的人都停了下来，我也愣住了，我没有想到她有这样的举动，显然与她的家人不像是一伙的。我于是弯下腰，把她从地上扶起来，抱紧她说：谢谢你，谢谢你能说真话！我同时在流泪，说不清为什么……

⑩ 我后来特地走访了她曾经同宿舍的同学，同学告诉我，早在大三时，她的心理和精神就与常人不一样了，像个易碎的玻璃，不能碰。辅导员老师也知道此事，让她家人带她去看病，她家人坚持姑娘没有毛病，才拖至如今的模样。

⑪ 我似乎可以舒一口气了，可我得好好反省，问题还是出在我的身上。最初的沟通和交流时间太短了，我的洞察分析能力还是有限，应该分析出她与常人不一样的地方，这样的病人应该婉言谢绝才是。还有在最初发现问题时，我该提醒她的家人，带她看病，而不是赶紧脱手，抛开她。

⑫ 精神分裂分裂不了人的心地善良和诚实，姑娘的"大胆放肆"解救了我，也让我看到了我的不足，学会了很多。比如治疗前要做彻底的沟通和交流，必须把患者具有健康的心理素质放在第一位，学会医治别人的同时还要保护自己，这样才能顺利完成整个治疗过程。

⑬ 医者患者的关系其实是一个复杂的社会群体关系，有矛盾纠纷，也有真情和友谊，一切存在的都是必然的，就看我们如何去选择去把握，还有就是你遇见什么类型的病人，这个问题就

更复杂了。一个医者的成长是离不开与患者的深度接触的，包括治病过程和心理的、思想的沟通和了解。

1. 请用简洁的语言概括本文的主要内容。
2. 请分析第⑤段中画线句子在文中的作用。
3. 请按要求赏析下面这句话。
（1）我同时在流泪，说不清为什么……（请具体阐述作者为何而流泪）
（2）早在大三时，她的心理和精神就与常人不一样了，像个易碎的玻璃，不能碰。（请从修辞的角度赏析这句话）
4. 文中所记述的这件往事，给"我"带来怎样的收获？

参考答案：

1. "我"为一位患精神分裂的女大学生治牙后，在女大学生的澄清下才免遭到其家属的"兴师问罪"。
2. 引出下文患者家属前来"问罪"，为下文"我"的反思作铺垫。
3.（1）① 为自己受到委屈；② 为这位女大学生说出真相而感激；③ 对这位女大学生的同情。（2）运用比喻，把这位女生的心理状态比作玻璃，生动形象地写出她内心的脆弱（病态），与上文描写女生的反常行为相照应。
4.（1）坦然地面对复杂的医患关系；（2）治疗前要重视与患者的沟通交流，把患者具有健康的心理素质放在第一位；（3）医治别人的同时要保护自己。

路边水果摊

① 每次下班的路上我都会开着车在扬大师院西门口的水果摊上买上点水果。

② 之所以看中这个摊位，是因为我开着车从很远就看到这个水果摊的生意好，常常围满了扬大的学生，能够围满穷大学生想必水果的质量和价格一定有吸引力。老板是个三十多岁矮矮墩墩的壮小伙，老板娘是个面色红润、笑容满面的姑娘。我车子还没有完全停下来，老板娘就边做着手头的生意边大声朝我这边喊道：美女，想来点什么？想想我这把年纪，被人叫美女，别提多惬意了，立马觉得这个老板娘好漂亮，听着口音、看着模样就知道一定是安徽农村来的。就这样，我慢慢地熟悉了他们夫妇。

③ 确实是安徽农村来的，路边水果摊生意已经做了三年。路边生意，可想而知绝非一般人能够坚持得下来的，路边灰尘、噪音、风吹日晒不谈，还有城管工商，每天的出摊收摊和抢摊……不止这些，我还看到他们的两个孩子，一个上小学，一个才会走路。这样的日子，我看到的除了老板老板娘忙碌的身影外，还有两人的脸上始终挂着的笑容。老板娘迷人的笑容，像一朵花绽放着，吸引着来往的过路者包括我。

④ "美女，这是你的香蕉，二十一元收你二十元"

⑤ "美女，今天该买橙子了，来八个，我挑最好的…"

⑥ "美女，你家的苹果应该吃完了，今天正好进了新鲜的红富士，包你满意……"

......

⑦ 看到了吧, 几乎成了我的家庭水果管家了。而且, 我总是坐在车上, 根本不用下车, 尽享我的"尊贵"。

⑧ 一次没人时我与老板娘聊天了。

⑨ "嫌苦吗?"

⑩ "不嫌苦, 我们要挣钱买房子。"

⑪ "长这么漂亮, 为什么嫁给了穷矮胖墩?"这个问题问出, 我还真怕老板娘生气, 我的眼睛始终关注她的表情。

⑫ "他人老实、忠厚、勤劳, 对我好, 这就够了, 光有钱, 有什么用?"老板娘一直笑着说, 还"咯咯咯"地笑着。

⑬ 我的心中不禁感谢起她来, 因为她让我对如今的社会现象的鄙视有了改变。当今浮躁的社会, 太多的年轻女子不愿吃苦而放弃了自我和人格, 迷失在灯红酒绿之中, 认为能轻而易举地赚钱才是正道, 我几乎快要瞧不起有些来自贫困农村进城打工的女人, 然而老板娘像黑夜中的一盏明灯, 照亮了我的心路。

⑭ 盼望着他们生意越做越好。盼望着他们能够很快买到房子。更盼望着他们永远居住在我们这个城市, 永远成为这个城市一道亮丽的风景, 在你我的心中。

1. 根据文章内容, 说说这家水果摊买水果一开始是为何吸引"我"的?

2. 请赏析第 ③ 段中画线句子的表达效果。

老板娘迷人的笑容, 像一朵花绽放着, 吸引着来往的过路者包括我。

3. 请结合文章内容分析文中老板娘这一人物形象。

4. 本文最后一段有什么作用？

参考答案：

1.（1）水果摊生意好；（2）水果质量和价格好；（3）老板娘会招揽生意。

2. 比喻，将老板娘的笑容比作绽放的花朵，生动形象地写出了老板娘的美丽、热情。

3. 勤劳、朴实、善良，待人热情。（结合文本部分略）

4. 总结全文，表达对摊主夫妇的美好祝愿和高度赞扬，深化文章主旨。

磁带的故事

① 我从小就喜欢唱歌，而且喜欢在人前表演，要不是因为从小文化成绩好，我会立志长大了去当个歌唱家了。

② 那一年我上大三，系里辅导员让班长转告我，说南京医科大学马上要举办首届卡拉OK歌手大奖赛了，问我愿不愿意参加。

③ 正值中秋，南京的天气已开始凉了下来，可学习任务重。知道这个消息时，我心中痒痒的，想参加又不想参加。如果参加，一来可以锻炼锻炼我登台唱歌的胆量，别总是喜欢一个人在宿舍在走廊大喊大叫着，是骡子是马拉出来遛遛！这不正是锻炼的最好机会吗？我实在是太喜欢唱歌了。二来可以看看自己的实

力，爱唱歌的人很多，我跟别人比究竟有多大差距？当然，我一直自信得很。三来可以满足一下我膨胀的虚荣心，平时总喜欢孤芳自赏，洋洋自得，如果能登个台拿个奖该会多风光啊！

④ 可是，买一盘伴奏磁带得花好多钱，我半个月的生活费没了。那么就算了吧，不参加吧，干脆做名观众，又轻松又享受又省钱。

⑤ 但辅导员不同意，因为他与我们同住一幢楼，听惯了我的歌声了。不行，你是代表我们口腔系的，我看好你了，你不去谁去？我告诉你，你不去比赛今后不许在走廊上唱歌，听到没有？你必须去！他硬是帮我报了名。

⑥ 名虽报了，我并没有任何准备，也知道辅导员的话是吓唬我的，我可不怕他。没有伴奏磁带，也没有合适的想唱的歌曲，反正报了名是可以不参加的。

⑦ 那天夜里，食堂礼堂灯火通明，最北边的高出地面的一间算是舞台，人群黑压压的，个个情绪高昂，有坐着的，有站着的，有站到餐桌凳子上的，几乎把舞台围得水泄不通，我知道我在第二十个，唱与不唱都在我。

⑧ 当第十六个选手演唱张暴默的《敢问路在何方》时，我突然想上去唱了，因为我觉得我比她唱得好得多。我立刻想好了，我必须去找她，求她把磁带借我用一下。

⑨ 知道她是医学系的，跟我一届，平常经常见到她，只是见面不打招呼。如果此时再去找熟人去找她，肯定来不及了，我得诚恳点、谦和点，只要借到磁带，我就一定能得奖。我当时就这么想的，确实想法很迫切，根本就没想到如果别人拒绝我，我该怎么办？

⑩"哎，我口腔系的，能否借用一下你刚刚的磁带。"我终于在后台找到她。

⑪"什么歌？"她惊慌地问。任何人这个时候都不可能愿意与别人分享同一首歌的磁带伴奏。

⑫"与你一样的歌。只是没你唱得好，你唱得太好了。"我知道我在恭维她，讨好她。我看到她的表情在瞬间发生着微妙的变化，由疑惑到犹豫不决，到坦然再到同意，最后我接过了她递给我的磁带。我赶紧说了声谢谢，我不敢再多看她一眼，生怕她反悔。但刚刚她的举动一定比她在舞台上的表演高尚精彩得多。

⑬刚好到了二十号，我赶紧上台，没有时间再去琢磨我是否成功还是失败，所以没有丝毫的胆怯和紧张。因为没有任何准备，音乐响起来，我站在舞台中央，一边在认真地听过门音乐，一边在自我安慰，别怕，一定要沉着应战！我清楚地知道，这是我第一次现场配音乐，也是平生第一次参加唱歌比赛。

⑭没想到效果出奇地好，我一开口，台下一阵阵的掌声和欢叫声，虽然从没有配过音乐，却异常的合拍，仿佛跟磁带配合过无数次。唱到最后的时候，我才突然想到磁带的主人，觉得对不起她。因为我意识到我唱得一定比她好，她一定正伤心着呢。

⑮"太棒了，你唱得太棒了！"我送磁带给她时，她高呼着兴奋地向我走来，我感觉到了她真诚的祝福。我才知道，我的顾虑是多余的，我刚才想多了，我们俩拥抱在了一起。

⑯第一次参加卡拉 OK 歌手大奖赛，我的预赛成绩全校第一。

⑰这是三十多年前的事情，一恍惚，仿佛还在眼前。只是我想问自己，如果我是她，我会把磁带借给别人吗？

1．请用简洁的语言概括本文主要内容。

2．第 ⑦ 段的环境描写有何作用？

那天夜里，食堂礼堂灯火通明，最北边的高出地面的一间算是舞台，人群黑压压的，个个激情高昂，有坐着的，有站着的，有站到餐桌凳子上的，几乎把舞台围得水泄不通。

3．如果你是文中的那位借出磁带的同学，请根据第 ⑫ 段画线句子，描写出人物当时的心理活动。

4．请分析本文最后一段的作用。

参考答案：

1．"我"在卡拉 OK 大赛上跟前一位选手借磁带，唱同一首歌曲，获得第一，也得到那位同学的真诚祝贺。

2．写出比赛现场的气氛热烈，说明大家对这场比赛的重视，为下文"我"突然决定参加比赛作铺垫。

3．不设统一答案。要点：第一人称描写。要写出人物心理从"疑惑"到"犹豫不决"，到"坦然"再到"同意"的变化。

4．收束全文，以问句结尾，言有尽而意无穷，给读者留下思索和回味。

提高现代文阅读和写作成绩的金钥匙

孔锐作品
阅读试题详析详解

七夕，我带着你来

　　① 二十五年前的夜里 11 点，我开始阵痛，我想那是产前必须要经历的痛，我得忍着。同产房有个女人，叫喊声一波高过一波，护士当着我的面朝她说：就你一个人疼，你看看，人家孔医生，一声都没吭，多好的养品。

　　② 就冲这句话，我得忍着，第一次听说"养品"这个词，不仅新鲜而且滑稽好笑，既然有人表扬我了，在一阵高过一阵的疼痛中，我得咬紧牙，我必须忍着不出声。我的五脏六腑在翻江倒海，那个大声叫喊的女人一定比我还疼，我也知道，我得做好养品的表率。可是不疼的时候几乎没有，我忍不住想叫喊，可又不好意思拨喊，我开始恨那位夸我养品好的护士了。她用一句话

堵住了我的嘴，让我没了退路，叫不出声来。

③ 夜已经很深了，我疼得昏天黑地。

④ 值班护士从我身边走过时，我拉住她，问她这疼还要疼多久？会不会继续加重？她朝我笑笑，笑而不答。

⑤ 我在两个人的世界里默默承受着一个人的疼痛，我用意念在抵制疼痛的来袭。这样的疼痛就像海浪扑岸，上来后又很快退潮而去，接着又来一次扑岸；又像站在路边聆听远处疾驶而来的列车从我身边呼啸而过，瞬间又消失在了远方，然后重复下一列火车的到来。

⑥ 凌晨四点，助产师查房，告诉那个仍然高叫的女人，你宫口开了三指了。接着帮我检查，说道：你才开了一指，耐心地等着疼吧！我知道，我其实不如那个女人，我早就想叫喊了。

⑦ 熬到天亮，病房开始忙碌起来。护士、助产师和医生都来看了我，而且都表扬了我，可我却再也忍不住了，也不想再忍了。我根本不需要她们的表扬，我需要喊叫，大声地喊叫，否则，我将憋死。看着窗外有阳光照射进来，明亮而有生机，我陡然感觉上天早已赋予我叫喊的权利，我为什么不喊？我装什么清高？哎哟，哎——哟……声音浑厚有力，穿越了走廊和楼道，有人说在五楼就听见了我在二楼产房的女高音了，有磁性，有感染力和号召力，那是迎接新生命的前奏曲，必然很美。想到腹中的孩子，我一下子安静下来。

⑧ 正式交接班时，我已经疼得没有了力气。先生一直陪着我，我知道，这一夜，他也没闭上一眼。白班的医生到了，全是我熟悉的。有医生问我：你是自己生还是剖腹产？我闭着眼睛问：什么意思？医生说：这小孩不小，你可以选择剖腹产。我

问：大约几斤？医生说：大约七斤。我说：我已经疼了一夜了，七斤重，我还是自己生吧！疼已经疼了，我宁可疼也不愿再挨一刀了。

⑨ 进产房吧！白班医生检查完，说我已经开了五指了。我被推进了产房。巧得很，那个会叫的女人就在我的左边产床上。我们相互对视，仿佛一个战壕里的战士，可目光里有很多说不清的东西，搞不懂究竟谁是我们的敌人。她依然在叫喊着，我当然也在叫喊着，难得两人有同时停下来的时候，我突然想笑了，因为我们彼此都很狼狈。喝点桂圆汤吧，护士为我送来了一杯水，我知道那是一个月前就剥好的桂圆肉子，在饭锅上蒸了整整一个月，为的就是今天，喝下去有力气。

⑩ 疼痛到达极限时，也许已经不是疼痛而是状态，我无法搞明白，为什么生命的降临非要经历如此的折磨和痛苦。我突然想到了母亲，母亲生我的时候，一定也是这样的境地，我陡然有了另一种疼痛，是为母亲的。

⑪ 刚刚的桂圆汤似乎并没有发挥任何作用，已不再是阵痛，而是持续性疼痛。我偶尔转头看那个女人，我们无心四目相对，我只是从她的身上看见了我自己。

⑫ 当疼痛持续时，我突然想到了死。我会不会死去？死可以，但前提必须是要让我的孩子先生下来。枕横位，这是今天我听到的最糟糕的三个字。我之前读过妇产学，我知道这三个字的可怕，它意味着难产，意味着更大的恐惧甚至是死亡的到来。

⑬ 左边的女人正痛苦地挣扎着，嗓子已经哑了，虽然胎位正常，却也无法临盆，如此便与我共了患难，可见得我们的缘分非同一般。

⑭ 我听见先生与我姐姐在产房外的争吵声，似乎在慌乱急切地议论什么。此刻我并不知道姐姐正发了疯地去找妇产科的老主任了，因为是枕横位。

⑮ 医生护士们忙开了，空气似乎凝固起来。一切都在进行中，我在半昏迷中，忍受着顶天的疼痛，我几乎认为我即将死去。当老主任伸手将孩子的头拨正，再用产钳拖出孩子时，我整个人一下子全瘫了，泡在了汗水和羊水中。

⑯ 一股血腥和乳香的味道，撩拨着我的双眼，有如一轮初升的朝霞喷薄而来，映照了我的全身，把我整个魂都吸了过去。我迷迷糊糊地睁开眼睛，看见了老主任手中的婴儿。一个倒挂的男婴在她的手上，白里透红，粉粉的，肉肉的，她在轻轻地拍打婴儿的屁股，先听见啪啪啪的声音，后听见了哇哇哇轻柔而缠绵的啼哭声，亲切动人温暖而美好，声音中又有一种坚强和勇敢充满了每个瞬间，仿佛一头倔强的小羊刚被主人牵回了家。

⑰ "恭喜你，是个儿子！"同时有人手捧着一个小人，来到了我的面前。我努力睁大眼睛，看清了这个刚刚来到世上的我的宝贝，此刻，我并没有立刻把他与我联系在一起。这个熟悉而陌生的小家伙就是我的儿子吗？我也并不清楚，从此他将成为我永远的牵挂和骄傲。

⑱ 隔壁的孩子也落地了，是个女婴，上的也是产钳，这真的就是天意。女婴五斤八两，我的儿子，八斤五两。此刻为上午十点四十五分，农历的七月初七。

⑲ 经历了整整十二个小时的疼痛，为的就是让刻骨铭心的记忆成为永恒，让我在生与死的交错中寻找生命的价值。作为女人，这是一生的财富。

1．请用简洁的语言概括本文内容。

2．请从修辞的角度赏析下面的句子。

疼痛就像海浪扑岸，上来后又很快退潮而去，接着又来一次扑岸。

3．本文还写了同产房的另一个女人，请问写她有什么作用？

4．结合本文内容，你想对自己的母亲说些什么？

参考答案：

1．本文写了我在二十五年前生产（养）儿子的过程。

2．运用比喻，将疼痛比作海浪，生动形象地写出了疼痛一阵一阵地袭来时的痛楚，表现了母亲的坚强与伟大。

3．衬托，通过写另一个产妇生产时的痛苦，烘托"我"生孩子时的疼痛和艰辛。

4．酌情给分。要求结合本文（母亲生我的不易），表达对母亲的感激、感恩即可。

嫂子哭嫁

① 我嫂子那年嫁进门的时候，我五岁，大哥二十五岁。

② 大哥是我们整个家族同辈中的老大，是大伯的大儿子，也是跟着二伯学手艺的一个木匠。大哥没上几天学，力气很大，长得很敦实，个子不高，眼睛特明亮，满头的乌发。大哥见人就是憨笑，脸方方的，也总是红红的，像熟透了的"胜利白"山芋

的外表，说话始终慢声慢语，即使什么事急了，也是先红到脖子，才开口。

③ 大伯是生产队会计，走哪儿都手拿一只算盘，双手撇在身后。想必是生了八个孩子的缘故，那张脸始终展不开，似乎总在想着让家里老小顿顿吃饱的事情。特别在开饭的时候，他那张坚硬的脸上总是充满着忧郁。我常见烧饭的大锅里满满的山芋稀饭，大妈只让大伯和大哥碗里有米。

④ 大哥要结婚了，看大人们在忙乎，听大人们在议论，我便盼望着这一天的到来，只是提到结婚，大哥的脸会更红。

⑤ 大伯大妈把自己的房间腾出来，把大床油刷了一遍又一遍，那个漆的颜色有点暗红，却很深沉喜庆，满屋充满了油香，你会觉得这就是结婚的味道。

⑥ 屋里摆满了宴席，除了一张桌子是自家的，其他都是借的隔壁邻居的，凳子也是。满屋是人，大人小孩，男女老少，热闹非凡。天气也不错，有阳光照进来，有年纪大的就在屋内的阳光下晒着，虽说是冬天，屋内却没有丝毫的冷意，那些桌上冒着热气的菜和汤已经亮瞎了所有人的眼，爱装斯文的人也控制不住去将碗里的鱼肉直往嘴里拖。

⑦ 新房的窗户和门上贴了红双喜字，除了一张床，就是一个老式衣柜，是大哥自己打的，自己刷的。床上却是空荡荡的，还露着木板床板。

⑧ 门外突然嘈杂热闹起来，噼里啪啦一阵阵的鞭炮炸响。"嫁妆到了！"有人放下筷子，出门张望，有人舍不得放下筷子，盯着碗不放。外面有人已经手捧大红大绿的嫁妆进了新房，新房里挤满了人，大部分是女人，在数着几条被子、几沓衣料……大

妈从新被子里掏出了几块糖和几粒红枣塞到了我的手上。

⑨ 新房里原先的空当都被嫁妆填满了，在床前，我还看见了一台缝纫机和一只大红油漆的圆形马桶。大哥咧着嘴在傻笑着，我不知道他的新娘是什么模样。

⑩ 夜幕降临时，屋里喜宴照旧，每桌都有一只煤油灯在照着，我看见大哥坐立不安地来回走动。桌上的菜比中午多了几样，有喝酒的男人在划酒拳，声音一声高过一声，给昏暗的堂屋增添了喜气和活力。

⑪ 跟白天一样，门外突然嘈杂乱哄起来，同时有鞭炮声，似乎比白天更响。

⑫ 一群花姑娘进了新房，七八个，神神秘秘却很喜气洋洋，簇拥着，伴娘太多，你分不清谁是新娘。

⑬ 突然从房间传来了放声大哭的声音，我挤进了新房。那张新铺好的新床上，伏着一位女子，身穿大红衣裳。她的身体随着她的哭声在起伏着，只是单纯的哭，并没有言语，哭声越来越小，又突然变大，就像那盏燃烧的煤油灯，扑闪着不灭的火焰。那个哭声中有的只是害羞和惊吓，还有就是无目的地在呼唤未来，畅想明天，你甚至可以理解为单纯的一个节目在表演。同来的姐妹很舒心坦然地笑着，漠然不顾床上新娘在哀哀哭泣。大哥在伴娘面前害羞地递着糖果，打着招呼，满意地看着床上哭泣的新娘，煤油灯映着那张脸，通红通红的……

⑭ 外面堂屋依然热闹着，人们谈着新娘子的嫁妆，谈着新娘子的哭品哭相，谈着桌上的酒，还没有喝够……大伯没有上桌，站在一旁，尴尬不安地笑着。他的手上并没有拿算盘，却在自言自语着，想必在算着每桌的人情钱和酒席的菜金。只有新娘

哭声高起的时候，他才会轻松地放下所有的表情。唉！是啊，又多了一张嘴！

⑮ 人散了，邻居们扛着各家的桌子回去了，新娘子的哭声也停了下来，夜色深远处，传来了狗叫声，连成一片，伴娘们离庄而去，嬉笑声在旷野中回荡。

⑯ 四十七年过去了，嫂子已经有了孙子了，可她那一夜的哭声却一直留在我的脑海中，让我不解也让我回味。哭是这里的一种风俗，所以有人说是"喜哭"，"喜哭"预示着一个女人新的生命的开始，就像初生的婴儿来到这个世界的啼哭一样。向人们昭示着一种美好的未来和希望。我认为仅有这个理由就够了，所以，如此看来，新娘子的哭比笑更让人温馨回味，哭着来的都要笑到最后……

1．文中的新娘为什么会"喜哭"？请根据文章内容概括。

2．赏析下面句子中加点的词语表达效果。
爱装斯文的人也控制不住去将碗里的鱼肉直往嘴里拖。

3．第 ③ 段中写大伯"那张脸始终展不开"，下文与此相呼应的描写还有哪些？

4．本文最后一段有什么作用？

参考答案：

1．（1）这是一种风俗；（2）表达害羞和惊吓；（3）对未来的期待（"呼唤未来，畅想明天"或"昭示着美好的未来和希望"）

2．动作描写，生动形象地写出客人们吃饭时的情景，侧面表现饭菜的丰盛与可口，也表现了当时人们生活的艰辛。

冰岛的影子

1

　　把诗意抛在了春秋，我带着昨日的烦恼来向你倾诉。时针在旋转光阴的拐角，让分分秒秒操控在禅境当中。晚秋在初冬的河面招摇，倒映着即将失去的容貌，在风平浪静的湖面冷却内心的烦躁。爬上城墙是根茎的追求向往，用红色的斑驳燃烧千年的梦想，让四季的等待踟蹰在墙头。初心早已不在，那团光已经直指我的眼球，让我寻找我的路口。

　　一边是残荷的等待，一边是枯竭的芦苇根丛的守候，那远处飘零的几片芦花在凄美地轻揉着阳光，还是阳光在轻揉它最后的念头？我遥望远处的宁静，一边是水波粼粼，一边是芳草萋萋，远处还有人在等我，那个早已约好的南门，一定有个美丽的邂逅在重复……

　　我从北门走来，她果然在南门守候，那个美丽的身影在面朝阳光，等待我的诗情。一个热烈的拥抱胜过千秋，一起走，走我们曾经的路，那里有黄色的银杏有红色的枫叶还有我们留在空中的承诺。蓝天清澈，风儿透明……那几片红叶在抱守最后的飘零！

这是一片冬的凄凉，已让人无法想象芦苇荡的霓裳，有人在说残花败柳，我才注意到那些飘摇的柳枝已经蜷缩了叶片褪了华光。这又是一种凄美的景象，寒风驾驭着季节更替，饱满了冬的热情和盼望。谁在主宰这场荒唐，又让人遐想。

循着喧哗，这里有春的生机和梦想，活力在舞动我的目光，挑战我心头的沉想。这坡上的冬草，水面的浮萍，栈桥旁的绿道……是天然合成的又一种冬的春光，在直白人人心中的盼望。终于，在她带来的我的书上签上了我的姓名，邂逅，一个美丽的风景，在宋夹城的风中疯狂。

2

冬日里第一次来看你，你仍在秋风中傲立。那些城门关不住的风景都是人们熟悉的记忆。时针的方向永远不变，却在拉长岁月的痕迹，树叶黄得发亮，把飘零的晚秋带进冬日里。思绪正迈过千年的城墙，仿佛梦的初醒。

忘记来看深秋的你，你依然还在秋中。那些如花的秋叶在静美中等待光的亲吻，用更深黄的颜色去咏叹生命的华美，那些飘落的花叶已躺在土地的怀中，等待时间去煎熬它的名字，腐化它的容颜……这已经不是秘密，这是大自然的残酷，谁也无法改变。只有正在飘飞的落叶，在享受一瞬间的快乐，在风中摇摆它的存在，以为这是自由、权力和尊严，却不知是死亡……

第一次看见如此荒凉而悲伤的湖面，远远的像冰岛的影子，我震惊了。认识残荷不是第一次，却是第一次感受它的沧桑。瑟瑟的寒风中，那些枯萎的根茎和花叶，坚守着湖面的宁静，用生命中最后的力量支撑着不败的死亡，依旧凝望水中凄美的倒影，在繁华与衰败之间，在喧嚣与落魄之中，向死而生。

　　垂柳成了冬季唯一让我感受到春的景象，那些风中摇曳的身姿在湖面上飘浮着，很容易模糊人的视线，而忘记冬的存在。那些水中的倒影大概跟我一样，想留住它们的脚步，守护最后的温柔。只等寒冬来临，再赤身裸体地等待来年蓬勃生春！

第一次来看你

1

第一次穿上棉衣来看你，你却裸着身子屹立在寒风里。时针分针在惯性中旋转，把目光投向消失的记忆，我迈开步伐走向你，用我的温暖诗化你……那片湖上飘浮着夏天留下的足迹，仿佛一个垂暮的老人的胡须，渐渐遗忘曾经飘逸的陶醉……残荷依然挺立在水中，把水中的倒影连同根茎缠绕在我的眼底，抬头看那城楼的战旗，孤单而不能自己，缥缈着风的凌乱之美，城门下一片沉静。

黄在变更着季节的颜色，树叶飘落成了最美的摇曳，谁也无法阻止它们的生命之旅，围绕着树根躺下，仰望天空，在思念中消失于泥土的芳香里，那是一种脱胎换骨的凄美，成全了天地之间的情意。只有风在痴笑，它才是真正的四季主人，从天上来，到地上去，摆弄了季节，忧伤了人们的心。

枫叶红了几片，在性感地招摇，迷惑着过往的目光。天阴沉着，云层层叠叠地相互守护着它们的生命，有几片阳光洒进了树林，我心头一亮，抬头看看，它们却又躲着我消失在树叶的缝隙里……忽隐忽现，欲擒故纵，仿佛我梦中的情人！天空很低。在这个时候，只隔了些树叶看着我，只等着我行走在它的目光里。

我突然想问城门，你在等谁？一千年来，你等到没有？那些穿城门而过的记忆和时光是否都在风中？那些堆砌的青砖和石板是否都在吟唱过往的故事？你用坚实和厚爱在等待着世纪的浪漫，百年不变，千年不朽……城门根本没有门，它始终敞开着……

2

这是在秋风刮过后，第一次来看你。想你想疯了，因为你一天一个样，竟无法一口气说出你的模样。天真得很顺我心，刚刚还阴着，一下子蓝了起来，秋高气爽的样子让我想飞了……那叠叠的城墙驮着城堡屹立在那里，仿佛古代的士兵整装列队等待检阅。穿过座座城墙，感受它凝重，感受它的古朴与苍凉，我，便是皇上……这是一千年的爱恋与等待，谁也无法阻挡与逃避，只要你来，你就会爱上它。

荷叶张牙舞爪地开满了池塘，那个池塘已经满了，满了我的眼底和心底，溢出了保障湖的对岸，幸亏有对岸的树木挡着。荷叶高出水面很多，像亭亭玉立的少女，细细的根茎在支撑整个池塘的葱绿与繁华，让你以为，这是巧夺天工的造型。零零散散的点缀是开着的荷花，似乎在衰败，又似乎在炫耀最后的娇羞，让你的眼睛一亮，然后心头一惊，发出两个字：真美！

杨柳垂堤，我的视线在努力拨开那些枝头纷扰的尘埃，那个湖面的宁静在告诉我，这里有我想要的孤独。我其实不喜欢孤独，而且还怕它喜欢我，可我却离不开它。湖面在荡漾，风里有腥味，仿佛在海边又仿佛在鱼市，我不知道这样的感觉是否只我一人有。我坚信我不是神经质，否则那一池的睡莲不会争奇斗艳地朝着我笑，它们也许最了解我，我也最了解它们，睡其实是假，诱人才是真。

城墙的截面，像被强行扒开的变了味的凤梨膏，坑洼不平而又满目疮痍，古老而神秘，带着梦魇般的诡异在张扬着它每一块砖头背后的不寂寞，抑或还有爱情！阳光穿透了这一刻的遐想，那斑驳的树影和扑朔迷离的画面，牵引了我的思绪去攀爬那座城楼曾经的喧嚣……古人，今人，都将成为历史，谁也不会逃过！

3

这个清晨的鸟鸣唤醒了我的热情，我想看你了。我是自由的，你也是，这是无法改变的事实，就像秋天里盛开春花一样，季节只是个摆设。这是个阴天，可你却露着笑脸，阳光在你心中，年轻了你千年的容颜，那一座城池的威严，那一塘河水的涟漪，那一片天空的净白，那一抹森林的翠绿在我的眼里都成了最美的思念。我在爬山虎中寻找希望的根茎，在城楼的门墙上想象千年的等待，在光阴的故事里探秘流失的爱情故事……我总是有些发痴，为你！

残荷在初秋便匆匆而来，只等着继续一天天枯萎，它有力地向死而生，用形态色彩和意识挣脱了绿的记忆，把初恋献给了曾经的爱人，留给自己空的缠绵。它们一点也不顾及水的感受，水此刻是孱弱的悲伤的，只等着一池的枯竭，去融化这个世界最美的记忆……

我看见了黄叶了，那是秋风飘过的痕迹，它们仍然有力地装扮着这个季节的生机，直等落地而欢。彼岸花开满了我的视线，红色奢侈了我的想象，那个凄美的爱情故事似乎是谣言，我以为花开过便不再惆怅，而永恒只是个幻想……池塘仍在夏中，绿停留在它的固执中，想着它的初恋，流满的是秋水亦是相思。太阳要出来了，它似乎知道了我的心思。

太阳真的出来了，没有人会去追究它刚刚去了哪里，因为它的光辉驱散了天空的乌云和我心中的沉寂。蓝天总有白云陪伴，当你举头望天的时候，你会体会到你的天空一直都在，也从来没有舍弃过你。有孩子在奔跑，那是本能，也是冲动，更是盼望……每个人总在途中，在追求生命的真谛，当风吹起的时候，也是最兴奋的时候，因为我想追上它…

4

想给他一个惊喜，我以为它不再以为我仍在想着它了。那一池的荷叶凋零得不耐烦了，我找不到花开的喜悦，枯萎的枝叶在叶子和根茎之间，苍凉和冷漠着一种庄严和凄美，还有那高出叶面的莲蓬，黑枯而干练，像千年修得的标本，我找不到一丝丝它原来的底色，只在一刹那间，成了一种象征。一枯一荣，一起一衰，生生息息，又有谁能摆脱呢？绿，仍旧在，只等着风吹日晒，只等着日落月出。

天空和大地之间除了有树叶的飘零还有我的想象，那半山腰正开着红花，像出嫁的新娘，只能远远地看着，似乎就在眼前，你却无法触及。趴在地上的绿草也有它秋天里的春心，那紫色的小花或许正是它对大地爱的倾诉，在你不经意间，让你脚下生风，生春。远处有音乐声，有人群在挥舞着节奏和韵律，那是舞者对生命的热情和盼望……天空却一直低沉着，和着鸟语声，蝉鸣声，蛙叫声，我想和着你，只等你来起个调！

保障湖的水今天也不绿了，泛着灰色板着脸阴沉着，只在秋风吹来的时候才睁开眼皱起了眉头。我突然寻不见了往日的睡莲了，他们去了哪里？带着花开的烦恼还有一池的秋梦。那河面飘来的腥味更让我担心莲的心事……芦苇荡也在枯萎，从根茎开始，有一个农夫站在枯叶丛中挥着刀，泥土模糊了他的双手。我忍不住问道：哎，大哥，你在干什么啊？他抬起头，看看我，又看看手中的枯枝，笑着说：我在砍掉枯枝！我又问：为什么要砍？他大声说：砍了才能拿到钱……我有点失望，但我能理解，可就不明白，他为什么要对我说真话？……风吹过来了，我的心有点寒凉。

　　光阴的故事里永远吟唱的是多情的音符，宋夹城这座千年的城池中，流淌着日月的繁华，永不磨灭和衰落的是生生不息的信念和执着。战旗在飘扬着，层层叠叠的门楼用屹立在坚守着千年的承诺，让你以为，这一切为我而来，也为你而在……

初恋的感觉

1

秋天里第一次来看你，知道你想我了。我迈开的步伐应着你层层叠叠的思绪，仿佛一对恋人的久别重逢。昨天的雨水刷洗了你千年的尘埃，清新洒脱古朴自然，你把笑容挂在了城墙的等待中，迎着我的模样。踩着青砖铺道，你屹立在那片河塘之上，蝉鸣蛙叫的旋律之中。太阳还没有醒来，低沉的云在守护着这片天地，让我以为你还在梦中。我已轻轻走来，我要唤醒你的今天。

这片绿已经穿越了三个季节，连同河水的涟漪都统一了色调，它们依然在生机勃勃中向往明天。夏天并没有走远，秋天在蹒跚学步中让那些夏天的感觉软柔下来，承袭不变的是对大地的深情。太阳似乎被我唤醒，飘洒着光芒，吐露着热情，恩惠着这山这水还有我的眼。

天空居然飘起了细雨，太阳还在，我知道这是雨在撒娇，它知道太阳的包容和忍耐永远属于它。这便是传说中的太阳雨了。我不想躲开它，因为我也想撒娇。它轻柔我的头发，清晰我的笑容，绽放了我的豪情。在某一个瞬间融化了我的思念……我在想着它的持续，有雨有太阳，便有了我的想象……

太阳雨就像初恋的情人，美好而短暂，雨水刚刚亲吻我，还没来得及陶醉，它便消失了……好在一切似乎都没有改变。我依然迈着我的豪情，从东门走向南门，从南门走向北门，仿佛古代的郡主在城邦中的随心所欲。站在宋夹城的中心，我左顾右盼，心旷神怡，因为一切都在我的视线掌控之中，我让风替我扫描这片天地，传递着我的浪漫。

2

几天不见，你竟变了模样，我其实知道你一直在等我来看你。想你的时候，你恰好也想我，这个想才是真的想。你绿了我的眼底在宋夹城不可抗拒的诱惑中，扰了我的芳心，醉了我的春梦在夏的热情和浪漫中，我们彼此地温柔存在，就像这出水的芙蓉连着莲藕，在若即若离中，守候着心中的缠绵。今天，远也来看你了，在他的世界里，你是一个崭新的角色，我担心他会迷上你，就如同我无法离开你一样。

这片绿让我想起了地球的对面，地面的努力让我感动，可惜了天无法映衬它的本色。雨突然下了起来，河面上的雨滴像即将煮开的沸水，冒着泡泡。风也刮了起来，看见池塘里的荷叶在摇摆着身姿，显示它们婀娜的细腰……雨中景，景中雨才是天地的合一，我想让雨从我的每一根头发的发根开始，一直湿到我心思。

躲雨在这座千年的城堡中，幻想着来一个让我心跳的偶遇。千年的屋檐下一定邂逅了无数的爱情，那些累叠的墙砖是恋人的香吻堆砌而成，我倾听雨的声音穿过了墙壁，也仿佛穿越了千年，踏着不变的节奏，在演绎着天地间永恒不朽的乐章。天空是灰暗的，有孤鸟飞过时它才有真正的欢乐，就像风掠过树梢时有雨的相随。远在远方催我走，说雨下大了，他其实不懂我，除了雨，我更喜欢风，它们都是这个季节的主人，你离不开它们。

3

出发前就想着你的模样，还有你是否想起了我的模样？晨曦在初露中耀眼了光辉，迷醉了那些天上地上的影子……宋夹城，一个让人遐想的地方，在每个清晨的醒来每个黄昏的醉意中呼唤来往的诗心。我终究还是没能抵挡我的三心二意，我从蜀冈的山巅而来，从平山堂的山腰走过，用我的脚底丈量你的容颜。天是蓝的，配合着你朦胧而纯粹的睡意，把城墙的古色融入到了你的肤色中，无须美颜，你是最美的风景，在这个风掠过的瞬间……

反道而行的结果便是一场不折不扣的偶遇，我假装视而不见它给我带来的惊喜和心动。绿欣欣然浮现在我的眼前，地上的、水中的、眼前的、远方的……一池塘的荷叶在我的眼底铺开了幼稚和天真，我不知它们何时开始了这场从夏到秋的生命旅程？有阳光照在上面，很简单也很优雅，像一个个贵族的少女在等待一场风花雪月的到来。还有那些冷落在池边路边的野花，用花开的声音否认了它们曾经的身份，你可以瞟瞟它也可以去聆听它，但不可以鄙视它，因为它正昂首挺胸地装扮着夏的单调还有你的视线。

无法用语言来表达我的无知和冲动，我惊讶于这一池的睡莲，连同那水面漂浮的妩媚和性感……睡莲花开得正艳，是否从夜里就打开了芳心，撩拨来往的过客，它们成功了，因为我的驻足，此刻，保障湖的风吹拂着我驿动的心，我来不及遐想已经迷上了它们。一条小船浮出水面，在山水间，划出了涟漪，打破了宁静，让你以为那是千年前的宋朝文人在吟诗诵词……浮萍和水草也在这里参合，似乎在诉说着它们也是景色的主人。

光与影的交错让天地合一，我抬头看天，太阳投射热烈火焰，光从茂密的树枝叶丛中穿透而下，用它的广博的胸怀包容并折射万物于这片土地之上，影子，便是太阳与大地万物的和谐与默契。影子跟着我在阳光下走动，这是太阳赋予我的爱恋和自由……水面折射出太阳的影子，把太阳埋在了河底，跟着被风吹过的波纹在荡漾，发着光迷惑了你我的心思。

每一次出发心都系着一朵花开，从春天的记忆走来，开在了四季。决定来看你，怕你已经不认得我了，我同时也害怕我不再喜欢你了。因为光阴里的故事总在讲述同一个话题，爱情，那是一种容易被人遗忘的角落。我曾悄悄地与你私奔过几次，在那个烟雨朦胧的小径，在那个烈日暴晒的长廊，在那个风花雪月的傍晚……爱情的结局便是惆怅和失落，因为它的短暂和美妙，更因为它的失忆和遗忘。站在城楼下面，凝望飘扬的战旗，我仰天长啸：大风起兮，我不想失去你……可你究竟是谁？是这四季如春的绿？风雨中的承诺？还是那鸟鸣？我不知道。

4

第一次反道而行，只想寻找一次邂逅。在每一个路口，在每一个拐角。那江南的烟雨和烟雨的江南在我的眼中演绎得淋漓尽致。栈桥的宁静和优雅让我以为在画中在梦里。我看见芦苇丛长高了，那是野性的奔放与成熟的结合，在无可挑剔的视觉冲击中，它依然在成长，你会从它摇曳的枝头中感受风飘过的痕迹。那池塘漂浮着夏的热情，用绿在告诉人们，它热爱夏天更热爱生命。黄花似乎是迟来的春天，它在告诉我，错过的季节仍然还可以重来，只要你的心不变，那远处盛开的红花似乎在水边招摇它的风情，让你以为，它曾是你的女人。

保障湖的风景迷醉了我的脚步，我步履蹒跚起来，那水波的荡漾连同水面上飘来的风声一起绊住了我的心思。我终于寻一堵低矮的古城墙席地而坐，像千年的女巫盘算着何时嫁人？又像一袭黑衣的妖女迷惑宋夹城来往的路人……我是谁？谁让我如此着迷于这里的一切，又如此疯狂地颠覆千年的风景，让人以为远古和现实只在刹那间，你闭上眼睛就能看见。

当光明照亮万物

当晚霞烧红天边的时候，苍茫而寂寥的不仅仅是大地的枯萎，还有春寒。那晚霞映衬的是沉默的厚云，让人感觉春的脚步还停留在冬的寒意料峭中，这似乎不是这个初春和谐的画面，我迎东风而来，在宋夹城的拱门中寻找遥远的画面，那些层层叠叠、重重复复、纷纷扰扰，都在历史的痕迹中清晰而又弥散开来。

黄昏就这样来了，我这是第一次在太阳落山的时候来看你。风中的城楼上有飘扬的战旗，无所畏惧地挥洒着曾经的豪迈，寻找消逝的记忆。一座城池、一个朝代、一次战争、一个英雄、一个梦想……你可以想象风云中的变幻，烽火中的盛衰，在天地苍茫间都暗淡远去……有鸟的归巢声在响起，我抬头看天，穿过苍劲的树干，我看到了那轮月牙高挂，只有它知道曾经的故事，只是永远是个谜。

我知道我来迟了，我怎能在黑暗中向你走来？夜幕下的宋夹城，在寒风中带着冰凉的歉意在每个路口等我。路灯已经点亮，那些亭台楼榭一下子也披上了霓虹衣裳，倒映在冰冷的河面上，让我更觉孤独和忧伤。

光明中的风景才能让人看见春天和希望，那远处的城楼正点亮黑暗的寂寞，陪伴这个夜到天亮。

穿过这片黑暗的角落，我寻不见一丝春的痕迹，满目是枯竭的树枝和灰暗的色调，寒风中我看见那垂坠的柳枝在摇曳……我陡然发现，我错了，我不该在日落时来看你，更不该在夜色中寻找春天。春天，自然会来，当太阳的光辉洒满大地的时候，当光明照亮万物的时候，你的眼中心中便都是春天……穿越了这个黑夜，明天便会来临，我们共同的明天！

第四辑　生活在此处

中秋月饼变小了

　　大概是年纪大了，便看淡了一切，有些事情确实记不起来，有些事情还记得，却总在想着把它们遗忘。人若喜欢怀旧便是一种即将老去的表现，抑或在总结生命的点滴和过往。可谁又能说出自己活着的最终目的是什么？恐怕即使说出来也经不起推敲。于是生命的过程也就显得重要起来，因为谁也没有经历过第二次的感受。总之，活着的人还是最好不想这些事情为好，也许简单才是我们的终极追求，遗忘是最幸福的事情。

　　生活每天都在重复它的原汁原味，即使你厌倦了，你也得接受。其实当我们用心咀嚼时，你能体会个中的滋味其实不一样。这如同每年的中秋，一年一度，重复了这么多年，形式越来越多，味道越来越浓，可感觉却越来越陌生了。月饼越来越小，价格越来越贵，可人们再也不像从前那么在乎吃月饼了，就连螃蟹也未必想吃。虽然小时候有的吃，家里总有很多，可就因为是孩子，才有了为吃月饼而吃月饼的兴奋和热情。吃过之后，似乎也没有朝天上望月亮的习惯，知道那是形式，月亮始终在天上，它跑不了，而螃蟹却必须得逮好了，它会乱跑。我曾经爬到床底下去抓过它，我从小就会抓它，更会熟练地吃它。

当我不再仅属于父母的时候，我才知道，中秋是季节的拐角，寒凉从这一天开始。除了母亲叮嘱"天冷了记得添衣裳"的声音外，没有了其他的声音。而我却要关注那些走进我生命中的人。

一个大月饼，无法掰开，用刀切了，每年都是如此，即便没人吃了，浪费得倒掉，也总会尝上一口。先生家的人似乎不注重这些形式，大概是农村乡野的风吹多了，怕吃亏，更多的是想一人吃一个整的。

从前我在南京上大学，梧桐叶飘落的时候，每年总在中秋节过后从家里带上一大堆吃的，其中最多的就是月饼。同学们来自天南海北，我拿过来后，通常就跟同学们分着吃。想来那些月饼里已经完全没有了中秋的味道，更没有诗情画意。因为家里有很多月饼，那些孝敬我父母的人，总送来月饼，我便成了最大的受益者。以为它是好东西，吃下去可以当饱，更能解馋，还可以炫耀我的虚荣。月饼中荤油多，吃下去可以几天不想吃肉，也省了我不少的菜金。

天空一直阴沉着，谁也不会怪天，更不会怪月亮，只是担心晚上月亮不出来，扫了世人的雅兴。我看了好几次天，有一次竟发现天上飘起了雨来了，带着一丝丝的凉，仿佛穿越了月宫而来，无限地凄美，让人想起了诗，古人的诗。"今夜月明人尽望，不知秋思落谁家"，"我欲乘风归去，又恐琼楼玉宇"……想必古人看到这里也会感动了，为他自己，为我。

突然想起今天是中秋节，我在努力回忆今天吃了什么？结果是没有什么特别的，与往常没什么区别，只是忘了吃月饼了。打开冰箱，才发现冰箱坏了，原先冷冻的东西都泡在水中。我翻出了所有的东西，其中有一盒去年的月饼，整整一年了，被冻在了我的冰箱里。拿在手中居然是软的，那是因为它的馅是冰淇淋的！唉，有点可惜了，一定是当时忘了吃了，抑或是没舍得吃，更因为没有人想吃。说这样的话，语法虽然没有错误，可逻辑是有问题的。只有一句话是实话：如今谁还在乎吃？

一个人吃月饼的时候，修冰箱的人来了，我匆匆吃了几口，等修冰箱的人走了之后，我却无法想起月饼的味道。我也许真的老了，连刚刚的味道也记不清了，只知道冰箱里那个扔掉的一盒冰淇淋月饼的味道，一定是奶油的。

天在黑，也在变冷，大家都在等着度过它。好在还有明天、后天，再不行，还有明年……

写作

1

这一阵忙着写诗，倒忘记了很多其他的事情，比如快过年了，年货还没买，卫生也还没打扫，窗子也没擦，狗儿们过年的新垫子也没买。比如有个专栏，催我写稿催了好几次了，我竟装作没听见，不理也不睬，他们哪里知道，我腾不出时间来写。比如很少去了父母家，偶尔见到父母，念几首我写的小诗，便想骗一下老人以弥补我的过错。父亲尽管不怪我，但我早已心生愧疚了。

这一阵子，我故意不照镜子，因为无法接受额上的皱纹，我在寻思如何去保养。有时突然想起这事，居然对自己说，算了，干脆去打那个什么玻尿酸吧，又瘦脸又除皱纹。可转念一想，这不是个好想法，既烧钱又伤我的胶原蛋白，划不来。那么怎样才能不长皱纹呢？这成了我的一桩心事。

一年快过去了，心里总有点依依不舍，突然明白从前大人们怕过年是有道理的，而孩子们却相反盼着过年。我记得曾经有好多年，从倒数八十天就开始数过年的日子了，而母亲脸上始终有愁容不展，嘴里唠叨着这个钱那个钱的要花……如今虽然钱上不再纠结，家家再也不会愁米下锅了，女人们却开始说岁月不饶人的故事，生怕又长一岁，变老。

　　说着说着又说到了老，儿子长大了，盼望着他快找到女朋友，然后娶妻生子，然后，我便理所当然地当上奶奶，如此这般我们岂能不老？这是事物发展的必然规律，谁也不可抗拒，除非时光能倒流，而且不停地倒流，让从前反复再现，这是绝对不可能的。这样的事情只有在小说里出现，而能够做到的，只能是作家。

　　又提到了小说，谁也不知道我这一年大部分精力都花在了修改长篇小说上了。记得两年前，当我听说一位作家准备花两年时间写一篇长篇小说时，我曾当着他的面说，要花两年？是不是太长了。当时另一位作家就嘲笑我的无知，我并不怕别人嘲笑，因为我没写过，根本不懂，于是也不知是嘲笑。只是我不服气，我以为写小说并不是难事，即使是长篇小说也不难。回家我就开始埋头苦干，从 2015 年 9 月的某一天，一直到 2016 年 9 月，整整一年，我完成了四十万字。当时还骄傲地认为自己了不起，比别人强，后来才知道，我这是麻木，更是无知。

　　出版社提出的要求让我醒悟过来，好的作品需要反复打磨，才能提炼升华。

　　我开始了漫长的修改，反复的琢磨，我让故事情节在时空里辗转反侧，让人物重新改头换面，让我走进了每个角色的内心深处……年轻的、年老的、男人、女人、小孩……我随着情节跌宕起伏，流了不少的眼泪，而所有这一切都是在我一个人的时候，而且是夜深人静的时候。

　　我在 2017 年 9 月的某个子夜，在疲惫中，我突然想改变思维轻松一下，我以为只有诗能够理解我帮助我。诗与长篇小说相比，简直是小巫见大巫了，我乐此不疲。我发现我又开始麻木了，其实是无知，就像当初写长篇小说一样。一个短，一个长，短的更简单，这样的话让诗人看见了，又会嘲笑我了。因为我又发现了，好的诗虽然来自一时的灵感，仍需打磨。

需要打磨的东西太多了，人同样也是。人只有在经历挫折和磨难后方能长大成熟。这是好事，也是坏事，本身就是个矛盾，人并不希望自己长大，永远不长大或永远长不大便可以永远年轻，然幼稚和浮浅便会停留在那里，让别人用异样的眼神看着你。

说了一大堆，该又回到了年上。昨天花了一个下午上菜场，拎了一大堆的菜，从菜场的巷子最深处走到巷口的时候，我的十根手指被勒上深深的印迹，几乎麻木了。我于是停了下来，放下手中大大小小的袋子……前方有吵闹声，我看见有两个女人在打架，打得不可开交，都是中年妇女，一个开汽车的，一个开电瓶车的，都在边打边骂着彼此的父母，只为谁挡了谁的道了。我很想上前拉架，看看地上一大摊的东西，我只能止步。我想对她们说：人活着不容易，相见是缘，如果都能退一步，就是行善积德，就会造福子孙了。

有肉的香味在飘，穿透了我的视线和我美妙的人生，我突然开心起来，我至今没长一根白发，我还愁什么老啊，赶紧去炫耀一下我的手艺，还有我的这篇杂文吧！

2

我开始萌发写诗的念头是在今年9月初，与老同学袁先生在一起畅聊，聊天时受了她的启迪和开悟，猛然间产生了写诗的欲望，而且一天比一天强烈。就像三年前我想写作一样的强烈，甚至觉得我不写就会死去，我无法控制我自己。

袁先生是 20 世纪 80 年代初就红遍扬州城的才女，她有着超人的文学天赋和修养，尤其在诗词方面。我两从小一起长大，她虽大我几个月，我却对她仰慕不已，总喜欢跟她在一起，沾沾她的才气。

　　我胆子一直很大，脸皮也不薄，我从未胆怯过我的文字公布于众，在众多的粉丝网友的赞美声中，我变得更加"嚣张跋扈"，逍遥自由。知道点赞的没几个内行，内行一定啬苛刻于我，这不是坏事，我一定吓到他们了，抑或他们根本不看，根本瞧不起我。如果果真不看，果真瞧不起我，我倒真的高兴，我便可以肆无忌惮地任意发挥和畅想了。

　　当一个作家是中学阶段曾经的幻想，三年努力让我成了省作家协会会员，梦想成真了，这似乎并不是件很难的事情。做一个诗人是从来没有过的梦想，我没有想过自己会成为一名诗人，因为在我的潜意识中，诗人都人格分裂或者说双重人格，是脱离世俗的，不食人间烟火的怪物，我岂能成为之？于是在有人喊我诗人时，我浑身不自在，当然喊的人一半是嘲笑我的诗，一半是抬举我的人，我希望他们都是真心的，那样我才认得清自己。

　　记得 9 月初我写下的第一首诗是《眩晕》，我这样写道：

　　　　这是眩晕的季节

　　　　从秋风开始

　　　　都在说着

　　　　天旋地转

　　　　连树根都拔在了屋顶

　　　　云头落在了床头

　　　　谁在主宰虚幻的世界

　　　　躺在浴池中

　　　　等小鸟来叫醒

而沉醉却不以为然

去平睡只有一条路

让自己渡自己

从来没有谁

会严肃到心碎

这是个眩晕的世界

一定不是时尚

在掀起了你的盖头时

在清晨睁开双眼时

这一首是因为一天中听说四个人发了眩晕，也许是季节的缘故，也许是巧合，我反正写下了，而且是在十分钟内写完，写完改了几个字，我洋洋得意了一番。有人开始点赞了，并问我子金是谁，以为是我转了别人的诗，我于是偷偷笑了。我第一次用了笔名子金，聪明人一看便知是我，取的我的名字的一半。

我于是每天都写，在早晨睁眼时开始酝酿，起床前完成，有时一天几首。我突然发现写诗不难，如果我写的也叫诗的话，当然说这句话会被诗人们骂的，更会被诗人们私下瞧不起的，好在我不是诗人，我不负任何责任地写，谁也无法阻止我。

我有时这样写：

《夜》

才躺下

天就亮了

夜并不漫长

你一直在忙

有时这样写：

《凉》
突然降温
在雨中
秋风用曲线在
一叶一叶地刷黄
落地的声音
那些说过的话
是风的外套
只是永远穿不上身

有时还这样写：

《煮熟了身子》
睡不着
在想南门还是北门
那个保安站在十字路口
拦截流口水的人
我于是编了一夜的故事
煮熟了身子
在冬天的夜里
去玉米地里狂奔

有人说我的诗浮浅，我开始不承认，但渐渐意识到了诗人的伟大，因为往往一首好的诗极富哲理和内涵，只有内心丰富和思想深邃的人才会真正写得出，更为重要的是，诗的语言不仅美而且要去俗云媚去平淡，让不同的人嚼出不同的味，这不是一天的工夫，但我肯定，没有天赋是绝对做不到的，即使下尽了功夫。我也许有天赋，袁先生是最先肯定了我的人，我们常常在一起，她找出我的好句子，并认真点评。

比如：

谁在抛光那个巷口，

黑暗中油画了落叶的忧伤。

比如：

《玉米棒》

玉米煮熟了

我想吃一根

赶在子夜时分

用我多情的口水

修饰我的牙痕

锅盖掀起高潮

那个黄色的身段

伴着咀嚼声

在凄美地转身

无人比你硬棒

你饱满圆润等人来啃

终于裸露了全身

千疮百孔仍在又直又硬

袁先生的点评大部分是在鼓励并赞扬，我很感动也很受用，我越发觉得她是我写诗过程中对我帮助最大的人。她即使批评我，也都在用诗化的语言，努力让我开悟并接受。

前天我写了这首《背影》：

送他上学的路上
不用再牵他的小手
阳光透过窗户照在他的脸上
我看清了他满脸的胡茬儿
告诉我他研究的方向
才知道我再也教不了他
他转身走向站台的背影
渐渐浓缩成我心中的太阳
希望他转身看我
我的背影在他心里是什么模样

我送儿子去火车站，看着他的背影，我突然感觉我老了，但同时又有一种自豪感油然而生。那都是来源于亲情和爱，我记住了一刹那灵感的火花形状和结构，于是几分钟写完。发至朋友圈十分钟后，竟有四十多个人点赞，除了几个一直鼓励我的诗人外，我看到了我一直尊重的泰斗级人物——刘鹏春先生的点赞，这是他对我的诗首次点赞，我激动得一夜未睡着。我突然悟出这个道理，好的诗一定来源于生活，而且发自内心，有爱有恨有情有义，才一定会让大家有共鸣。

刚刚数了一下，自9月1日至今，已有一百三十三首，我不敢贸然自称是诗，但可以肯定是我心灵深处流淌的小溪，相信它会源源不断流向小河，汇入长江和大海。至于我是不是诗人，自有人评说，这点并不重要。

路边水果摊

　　每次下班的路上我都会开着车在扬大师院西门口的水果摊上买上点水果，当然是车停下来，摇开窗户，进行"买卖生意"。一是因为平时太忙了没有时间去超市；二是因为超市的水果没有路摊的新鲜，也没有路摊的便宜。最主要的原因是这个水果摊的年轻的"老板夫妇"吸引着我，特别是漂亮朴实的老板娘姑娘。

　　原先住在老房子的时候就习惯于老房子附近的水果摊位，搬新家已经四年了，一次偶然的机会，我看中了扬大师院西门口的这个水果摊位。老板是个三十多岁矮矮墩墩的壮小伙，老板娘是个面色红润笑容满面健康漂亮的姑娘，看得出来，是农村来的，两人相互的默契从彼此的对话和眼神中我就能捕捉得到。

　　之所以看中这个摊位，是因为我开着车从很远就看到这个水果摊的生意好，常常围满了扬大的学生，能够围满穷大学生想必水果的质量和价格一定有吸引力，二是我车子还没有完全停下来，漂亮的老板娘就边做着手头的生意边大声朝我这边喊道：美女，想来点什么？想想我这把年纪，被人叫美女，别提多惬意了，立马觉得这个老板娘好漂亮，听着口音看着模样就知道一定是安徽农村来的。就这样，我慢慢地熟悉了他们夫妇。

确实是安徽农村来的，路边水果摊生意已经做了三年，路边生意，可想而知绝非一般人能够坚持得下来的，路边灰尘、噪音、风吹日晒不谈，还有城管工商，每天的出摊收摊和抢摊……不止这些，我还看到他们的两个孩子，一个上小学，一个才会走路。这样的日子，我除了看到老板老板娘忙碌的身影外，还有两人的脸上始终挂着笑容，老板娘的几乎是迷人的笑容，像一朵花绽放着，吸引着来往的过路者包括我。

"美女，这是你的香蕉，二十一元收你二十元。"

"美女，今天该买橙子了，来八个，我挑最好的……"

"美女，你家的苹果应该吃完了，今天正好进了新鲜的红富士，包你满意……"

……

看到了吧，就是这样地吸引了我。几乎成了我的家庭水果管家了。而且我总是坐在车上，根本不用下车，尽享我的"尊贵"。

一次没人时我与老板娘聊天了。

"嫌苦吗？"

"不嫌苦，我们要挣钱买房子。"

"长这么漂亮，为什么嫁给了穷矮胖墩？"这个问题问出，我还真怕老板娘生气，我的眼睛始终关注她的表情。

"他人老实、忠厚、勤劳，对我好，这就够了，光有钱，有什么用。"老板娘一直笑着说，还"咯咯咯"地笑着。

我的心中不禁感谢起她来，因为她让我对如今的社会现象的鄙视有了改变。当今浮躁的社会，太多的贫困年轻女子为了生活不愿吃苦而放弃了自我和人格，迷失在灯红酒绿之中，认为能轻而易举地赚钱才是正道，我几乎快要瞧不起有些来自贫困农村进城打工的女人，然而老板娘像黑夜中的一盏明灯，照亮了我的心路。

盼望着他们生意越做越好。

盼望着他们能够很快买到房子。更盼望着他们永远居住在我们这个城市，永远成为这个城市一道亮丽的风景，在你我的心中。

Dane 的故事

Dane 是个老外，美国工程师。不知从什么时候开始，先生就常常把 Dane 挂在嘴上，因为先生的公司是家美国独资企业，平常与先生接触的老外较多，我也便不会过多地去问谁是谁的一些事情。

"你帮 Dane 找个女朋友吧！"有天回来先生对我说。

"什么？他难道还没结婚吗？他究竟有多大？他来扬州干什么？"我很诧异，很好奇老外要在扬州找女朋友这种事情。

"呵呵，要不哪天见个面吧！我让他去找你，他早就想看牙齿了。"先生笑而不答我的其他问题，并且给我留下了神秘一笑。我知道先生一向幽默智慧，想必觉得我的问题确实不好回答。

当 Dane 真的站在了我的面前时，我惊呆了。一个金发碧眼的老头，头发稍长，白种人，身材高大、魁梧，看上去一定超过六十岁了。我不禁想笑，也知道了先生为什么不答我的问题。他朝我一直谦卑地微笑，目光中透着善良和诚实。我用生硬的英文与他交流，知道他今年六十三岁，离异，有两个女儿都已工作，他来扬州已经三个月了。他告诉我，他喜欢扬州，他在扬州要待很久，还有他小女儿也很喜欢扬州，已经来过一次了。

第二次复诊时，我发现他的发型变了，一种浅短的中分头显得更精神，他告诉我他喜欢如今的发型，还有那个替他理发的理发师，他住在华美达大酒店。我知道那是古运河河畔的五星级大酒店，他说他喜欢沿着运河边散步，他还喜欢东关街的长廊，喜欢富春的包子，还喜欢脚……他指着自己的脚半天说出治疗二字，我一下子明白，那是足疗。

回来后，我问先生，他找女朋友有什么条件？先生笑着说：他想找个三十多岁的，懂英文的，健康的，有文化的，长得漂亮的，有没有钱无所谓。我听了哈哈大笑，三十多岁，谁会嫁给一个老头？美国人就喜欢做美梦，呵呵！

有一天，我在文昌阁附近远远地看见Dane骑着自行车，身边有个女人也骑着自行车，那女人三十多岁，脸型很美，似乎跟他在说笑着。

Dane是想找老婆还是想找情人？我问先生。先生问我什么意思，我说，我看见了那个女人了，可以做他女儿。先生说，Dane是认真的，他说他喜欢扬州，退休后想留在扬州，不想回去了。那么那个女人喜欢Dane什么呢？先生说：不知道。

Dane终于带着那个女人也来找我看牙了，那女人的眼睛很大，皮肤有点黑，却很阳光。她告诉我，她是单身，今年三十三岁，淮阴人，没结过婚，但有一个五岁的女儿。她说她考上了一所三本大学，家里穷，没让她上，让她弟弟上了。她说她英文挺好，Dane对她也不错，刚给她买了个笔记本电脑。我问，你们是怎么认识的？她说，他来我这儿做足疗……

先生回来，我问，Dane真的爱这个足疗女人吗？先生说，什么足疗女人？应该叫足疗女技师！当然是真的爱。因为Dane曾告诉过他，他们两人很和谐，他似乎回到了三十年前的状态，他想在扬州买房子了，还想与她结婚。我说，我不相信。先生问，不相信什么？我说不相信那女人。

Dane又来找我，这回不是看牙，他躬着腰，小心翼翼地向我走来，说昨晚上腰伤到了，这个时候我突然想笑了，六十三岁，一定是干了这个年龄不该干的事情，才扭伤了腰的。说笑归说笑，该帮他解决眼下的腰伤才是，我毫不犹豫带他去了针灸科。

先生回来告诉我，Dane的腰不疼了，夸针灸太神奇了，还说要请针灸医生把他全身的毛病都一网打尽。我听了，哈哈大笑了好久，真的要感谢Dane这么相信针灸，中医的发扬光大也确实需要外国友人的支持和信任。

好一阵子没有Dane的消息了，先生说Dane回美国休假了，过半年才回来，我问，那女人呢？先生说，可能也带过去了。我很想知道他们究竟怎么样了？先生笑我多管闲事。

春天是花开的时节，Dane回来了。他两手托着两盆"肉肉"花草进了我的诊室。他说一盆给我，感谢我对他的牙齿的护理，一盆是给针灸医生，感谢针灸医生的帮助，对他来说，这一切简直太美好了。看着他的脸，我感觉到他是一个善良而又懂得感恩的人，一个六十三岁的男人，笑起来，像个孩子。他告诉我，扬州是他最想生活的城市，这里的一切都很美，扬州美女更是，他愿意永远留在这里。

Dane终究没有娶上那个"足疗女技师"，我问先生到底为什么？先生说，"足疗女技师"要跟他去美国，而他却要留在扬州，他终于发现，她爱的是美国，而他爱的是扬州。

阳光很明媚，先生告诉我，Dane在美国的小女儿，昨天的飞机今天到扬州了，说不走了……

138

一把青菜

　　那是一个傍晚，天快黑了，窗外突然刮起了大风。这已经是深秋时节，风一刮，气温一下子降了下来。我决定赶紧下班回家，还得买菜还得烧饭。路过菜场，途中买菜是我多年的习惯，一是顺路，可省时省事；二是可以遇见进城卖菜的农民，"倒篮菜"有时又便宜又好。

　　"美女、美女，还剩一把青菜，你买了吧！"突然有一个女人挡了我的路，她手捧着一小篮子青菜，就差拽住我的衣服。"我家里还有老人孩子等着我回家照应，你买了吧！"

　　昏暗的路灯照着这张脸，三十多岁，却不年轻。我看到一双祈求的目光在夜色中闪烁，清澈透亮，越过冷风，震颤了我的心房。

　　我同时看到了她手中满满的一篮子青菜，凭直觉一定是家里种的。干脆全买了吧，还犹豫什么？也许能帮她一下，让她天完全黑之前拿上钱赶紧回家。这风越吹越大，她刚刚似乎还说家中有老人有小孩的，怪可怜的，对！买了，让她早点回家。

　　"我全要了。多少钱？"我抓起一把青菜，想看看卖相，我其实早就想好了，好坏我都要了。

"全要？太好了！谢谢！太感谢了！你就给八块钱吧！"女人脸上兴奋地堆起了笑容。并迅速从口袋里拿出一只塑料袋，抓起青菜放进袋子里，边装边说，"我种的青菜是无公害的，没有农药没有化肥，你就放心吃吧！"

"不要找了，早点回家吧！"递给她十块，看着袋子里不太像样的青菜，我认真地跟她说。虽然对青菜不满意，但我心中还是乐意的，看着那个女人收起了钱，我有了一种救世主的感觉。

既然买了这么多青菜，干脆再买点水面，晚上就吃青菜下面吧。路旁正好有一个超市，我走了进去……

买完水面，我走出超市的时候，突然从街头又传来了熟悉的声音。"美女、美女，还剩一把小青菜，你买了吧！"我立马循声而望，远处路口，还是那女人正拦着一个女人，还是那篮子，还是那青菜……

我突然有了一种上当受骗的感觉，她竟然欺骗了我的善良。我太傻了，这女人太狡猾了，菜篮子里还会生菜？这女人一定有同伙。

我站在路口，决定搞明白这是怎样的一个"骗局"。我站在远处，耐心地等着那个女人卖完篮子里所有的青菜，悄悄地跟在了她的后面。

这是路旁的一个巷子深处，停着一辆破旧的三轮车，夜色中看得清清楚楚，三轮车上瘫坐着一个老人。老人正焦急地看着远处向她走来的那个女人，脸上竟露出了欣慰的笑容。老人的旁边，坐着一个三四岁的小孩，小孩的旁边还有一把青菜……

我立刻停下了脚步，掉头向另一个方向。这一刻，我不愿让女人看见我，我更不愿去惊动她，因为还有一把青菜……

没有月光的夜晚

被闺蜜从梦中叫醒时，天已经不下雨。

"哎，想不想走宋夹城？"

"想，现在几点？"

"五点半我们宋夹城城门口会合！"

"好！不见不散！"

QQ，一个优雅而寂寞的女人，一个似乎被生活抛弃而又始终坚持不败的女人。她守时、守信，她善良而真诚，我知道，这个假期对于她来说太漫长了，她说她无聊得想找男人了。

五点半，天不该黑，可能因为是阴天，此刻就像黑夜降临了一样。幸亏出门时加了一件外套，即使有冷风扑面而来，我也不会怕冷，更何况接下来的跑步我会出汗。

时间过了十分钟，五点四十我才到，QQ果然早就站在那个竖立的钟表下面等我。知道我是一个被她宠坏的人，对她的话很随便，她早已习惯了等我。宋夹城的人不多，也许是节日，更因为是天冷天黑得早的缘故。

"今天不写了吧！"

"天这么黑，拍也拍不出什么好照片，灵感也出不来，今天不写了，跟你一样，走走！"

"我就等你这句话了！"

我们彼此很熟悉，也懂得相互欣赏，更懂得倾听对方的心声。一个会心的笑胜似千言。

"香啊！"

我们几乎同时叫出声来，桂花的香弥散在整个世界，让雨后的空气更能纯净地沾满了香气，让我不想呼气只想吸气了。QQ 说她也是这个感觉，只想屏住呼吸，怕下一口香气便没了。我笑着说：

"该走的就让他走，拽也没用，即使拽住了，也拽不住他的心！"

"你真会打比方，太会想象了，一下子想到男人，也太牵强附会了，香味与男人有关系吗？"

"属于你的不需要去拽住，会自动留下。这香味已经渗透进了你的心脾了，你还担心什么？"

我这是在调侃她，长期单身的女人，得不到男人的呵护，也许有时需要同性的"挑逗"才会成为一个心智正常的女人。

夜已完成了黑的覆盖，一种秋的凉和寒夹杂在风中，夜行的人中，有情侣在与我们同行，他们手挽手，肩靠肩，他们窃窃私语，他们边走边亲昵。我们穿行在这样的路上，是欣赏也是享受，我只是担心 QQ 看了心中更是伤感。

"那个男人，我想删了他！"

"好，删了他，没有对你动心，不是他的错，男人其实是动物，他会依着本能行事。可男人又不能称作畜生，他有思想，他会考虑值不值得在你身上下功夫！"

"你到底是写小说的，说得太精辟了。真的很佩服你，你的文字与众不同。"

"我没学过文学，这也许是我的优点，我没有套路可走，我就是我，从我的文字中，你找不出别人的话来。"

"你是一个放荡不羁的人！"

"我是天马行空的人！"

"哈哈哈…"

我们走向了栈桥，两边的荷叶还在，依然漂在水面上，只是那个湖面微弱的灯光照见了那些枯萎的荷叶和根茎，夜风中，凄清而荒凉。我几乎凝神而驻足了，我心生了悲悯之情，为荷叶也为这一湖的秋水。

"女人为什么要找男人？"

"这是阴阳调和之美，男人同样也需要女人。"

"可将就之事我不愿意。"

"谁也没有强迫你，看你美的！也许你的爱情还没有到来。你好好等着吧！"

"我相信有爱情，但不相信爱情能长久，男人都是善变的，我有点害怕了。从前他对我那么好，还不是说变就变了……"

"嗯！"

这是宋夹城的北门。我知道在这里，QQ 喜欢上一个太极高手，我看过她为他拍的照片，一个叫不出姓名的男人，她远远地注视着他，欣赏他的每一个动作和神态。

"你知道爱情如何保鲜？"

"我不知道，失去了这么多年，爱情扫荡得几乎让我一贫如洗了……我们爬到城墙上去，好吗？"

"我不敢，天这么黑，这城墙如果是假的也就罢了，如果是真的，不知有多少死去的英魂堆砌在一起叫冤……"

这个夜晚没有月亮，那些昏沉的灯光正从城楼上洒下，沿着层层叠叠的墙壁，连同那几个高悬的红灯笼，都一起在回忆从前的时光。我有点害怕起来，我得让QQ别再想那个太极男人。

"孩子大了，实习了，拿到了钱，一个月三千，可我一下子给他买笔记本电脑就花了六千，我庆幸，这么多年我都闯过来了，我不再需要男人！"

"你知道你与我最大的区别在哪儿吗？"

"我没你聪明。"

"不，你缺少幽默。生活需要幽默，那是一种大智慧，更是一种生活习惯。我知道你是个好女人……谁娶了你，谁就会幸福，只是那些男人的眼睛都瞎掉了！"

"啊，哈哈哈！"

我走进了西门的城墙拱门，灯光照在我的脸上，那个潮湿的石板路，倒映着一些风景，只是有些模糊不清。

宽厚的城墙遗址，宁静而诡异，这个夜晚的月亮依然在原地，只是没有出来。我突然想起一句话，人有悲欢离合，月有阴晴圆缺，此事古难全。也许，一切随缘才是最好的结局，何必去追求完美？

突然不见了QQ，找半天我才发现她正在远处给我拍照，并抬头望天，我知道她是在找月亮。哈哈哈，这比找男人要容易得多，只要不是阴天。

"古人不见今时月，今月曾经照古人"说的是"今人不见古时人，古月依然照今人"。明月万古如一，而人类世代更替，今人只能是前不见古人，后不见来者，可贵的生命倏忽即逝。这又岂是你我能够主宰得了的事情？

风起了，明天也许是好天，相信月亮也会出来，出来的话会很圆。

被人屏蔽

现如今谁要是没有微信，谁就落伍了。微信是迄今为止，最普及最有影响力和实用价值的网络工具，已经无法离开我们的生活。在朋友圈，微信让资源共享在每个瞬间。就像地球，毫不吝啬地让地球人脚踏实地，拥有空气、水和食物。而网络世界的精彩是让处于信息时代的人们拥有了精神资源的共享。说这些似乎都是废话，我想表达的是微信的另类状态。

微信的推广让腾讯成为传奇，微信的灵活多变和神奇来自于它的多功能设置。那么，就有意思了，我发出的信息在朋友圈可以设置成给大家看，给某个人看，甚至是不给谁看，也可以单独发给谁看。如果我对某人有成见，我可以干脆设置成不让他（她）看我的朋友圈，也可以不看他（她）朋友圈，前者即是屏蔽了某人。

想屏蔽某人一定是有原因的，暂且不谈什么原因，但效果一定是刻薄而残忍的，因为被屏蔽的人会立刻像吃了苍蝇似的有被拒之门外的感觉。羞辱地带着一丝丝的悲哀和孤寂，因为被抛弃了……如果被屏蔽的人不知一点点的实情和原因就遭此"厄运",便更是一种伤害。

宁愿被删除也不愿被屏蔽,被删除是一种彻底绝缘,快刀斩乱麻,让你没了指望。而被屏蔽却是一种摧残,因为对方留下了你,然后慢慢耗干你,让你欲哭无泪,欲罢不能。

刚刚我就被人屏蔽了,知道的那一刹那,我脑中一片空白,我很冷静地在思考,我做错了何事?我做错了吗?回答是没有。我曾小心翼翼地呵护我们曾经的友谊,然而,我还是错了,错在我没有呵护好它,让我们之间出现了裂纹。或者说我们之间有了误会了,是她对我的误解。

人是讲究缘分的,人与人之间的缘分不是偶然,是天注定的。既然是天注定,就该顺应天意,成全彼此。

人也不是十全十美的,谁也不是圣贤人,于是在人与人相处过程中,当某人的缺点暴露时,当一方触犯另一方利益或让另一方受到伤害时,表现形式便会多种多样。而在微信上发泄的最常见的方式便是屏蔽对方,或删除对方的微信。这也许成了当今互联网时代最能解恨的手段,不用一枪一弹便能击败对方,让对方处于恐慌不安和自责中。

人是讲究和谐和完美的,除非你不在意别人的态度,人又是重感情的,除非你不在乎这个人。这样的和谐完美既利于身心健康又利于天人合一,于是善良的人不愿世上多一个仇人。

我已经反省了一夜了,请求她的恢复,除非她删了我,我也便可以忘却了这一切,继续做原本的自己,可是……

沮丧中,我突然发现微信是公平的,既然她屏蔽了我,我同样可以以牙还牙来屏蔽她,让对方在某一天心血来潮想恢复我时,连门都没有。哈哈哈,如此,我心情愉快起来,不必再为此纠结。值得称赞,微信的发明者不仅是高情商,而且是高智商。

被人屏蔽未必就是坏事,我们总能在这件事情中,学会什么。比如反省,比如还击,或者彻底删除,然后放下……

一根白发

很久以来，我一直在骄傲我有一头乌黑的长发，有人总在说我是妖怪，为什么就没有一根白发？就连我的姐姐都羡慕我，说父母造她的时候没有经验，把优点都集中在我一个人身上了，连头发都比她长得黑。如果是遗传，那就得把功劳归于我奶奶，因为我母亲满头白发，我父亲也是花白头发。只有我奶奶，九十九岁时，头上只看见数得过来的几根白发，而且还在转黑，那时候，就有人说奶奶在返老还童了。我以为这是上帝对我的偏爱，抑或是上帝在忙乱中疏忽了我的头发。

当别人羡慕我时，我不以为然，并没有觉得这是一种幸福，虽然我常常骄傲，我甚至羡慕过《白毛女》中喜儿的一头长白发。我同时也不能理解，我的周围有很多的女人，有人比我年龄小，已是满头白发，她们却常常在为染发带来的麻烦而烦恼。

可就刚刚，有人扒开我的头发摘下了一根白发，在阳光下银光闪闪的，虽然并不长，可它的根部连着我的血肉，看似正生机盎然蓬勃向上。我内心无法平静，我不知道该感谢这位发现我白发的人还是该责怪她的行为，让我从此不再有了骄傲之本。

我长白发了，终于也长白发了，这是一种衰老的表现，是生命之道必须呈现的色彩，我得服老，何必大惊小怪。就如同脸上的皱纹和斑点一样，该长的，就让它长。我岂能永远年轻不老？也许有人会笑我矫情，故弄玄虚，也就一根白头发，还大发感慨？那我就是矫情。虽然那根白发已经完全离开了我的身体，但它已根深蒂固，白发终究会有一天如雨后春笋拔地而起。

突然想起小时候，我扎了一条马尾巴，我的头发又黑又多，我的手一把抓不过来，母亲于是拿了一把剪刀，连根剪掉了其中一片，我一点也不难过，因为我自己可以梳头扎辫子了。那一缕黑发，被扔在地上，还发着亮光……

提起一缕黑发，我又想起有一天，我从梦中醒来，发现枕头上落下了一缕黑发，我惊慌地摸头，发现头顶有一块光滑的不毛之地，大声叫喊：妈妈，妈妈，我的头发没了……从医院回来，我知道，我被"鬼剃头"了，我知道一定是我一头的乌发让"鬼"也嫉妒上了。

我今年已经五十二岁了，就算我能活到一百岁，也已经下来了一半多了，衰老是死亡的必经之路，谁也无法抗拒，我得接受这样的事实。没有盛开不败的花朵，没有永驻不老的青春，谁也无法让时光倒流，我们只能在其中接受生命给予我们的每一个瞬间，每一种色彩，每一次变化，好的、差的、黑的、白的，更多的是欢乐还有悲伤，要我们学会去承受。

这根白发，我收藏起来了，就像我在十八岁成人那一天，我拍了一张照片，留作了纪念一样。从此我将宠辱不惊，白发是岁月对我的厚爱和惠顾，是我人生真正意义上的成熟和完善。当我满头白发时，我会想起这一天，这一天我拥有着我富美的青春和美丽，这一天后的每一天都是……

世界上只有人才知道活着的最后便是死亡，谁都怕老，谁都怕死，可人人都在拒绝着老死，所以人才是最伟大的生命体。当我们迈向前方时，该赞美和享受日月星辰的光辉照耀的每一寸光阴，然后问一问自己，我们该做些什么？该留下点什么？

万物的禀赋和天成给了我们每个人无穷的权利和想象，一根白发，该赞美它才是！

孤月之美

　　姐姐的亲家从新西兰回来了，说是要找个机会聚一下，正值中秋来临，想到中秋节这一天家家忙团聚，聚到一起也不太合适，于是把聚会的日子放在了中秋前夕，也就是今天。只因家里的亲戚并不多，我们一家便成了他们聚会的成员。

　　开车下班的时候已经是晚上六点半了，车过文昌阁时，街景呈现出节日的喧嚣和热闹，车水马龙，人声鼎沸，华灯初放的扬州城在秋风吹拂中正昂首挺胸地展示着一个现代古城的绝色容颜和风采，流光飞舞中你可以深刻感受到中秋这个传统佳节在扬州人的心目中的位置和重要性。

　　先生电话要我回家接他一同去聚餐的饭店，车到楼下，我电话让他下楼，没有想到，发生了一件棘手的从未有过的事情。汽车怎么也无法启动了，连车灯和喇叭都罢工了。

　　先生一向是个遇事不冷静的人，一是怪我一定违规操作了，二是怪我从不把汽车当回事，三是怪我居然连 4S 店的电话也不留。我在急切地寻找求助的信息，虽然这是一件从未发生过的事情，然而我坚信一定有解决问题的办法。

姐姐的亲家打来了电话，姐姐打来了电话，母亲也打来了电话，只等我们的到来，就将开席。我告诉他们，遇上了点麻烦，我不能去，先生一人前往。都在问我遇到了什么事，我说不清楚，事实上我并不知道究竟发生了什么？那满桌的亲人家人在等我的回答时，我决定让先生早去一步，我这里只等4S店有了眉目再去团圆。

看着先生远去的红色背影消失在夜色中，我叹了一口气。留下孤独的我，在静思在沉寂。母亲又来了电话，说好几天不见我了，不知可好？本想趁聚餐见我一面，我却因此事不能前往。母亲问我肚子饿了没有，让我不要害怕，母亲问我想不想吃月饼，她早已为我们准备了超大的月光饼，明晚可以切开……

我抬头看了天空，知道此刻八点多，一轮明月在薄云中忽隐忽现，穿梭的也许是云，也许是月亮自己。几千年来，人们在这个时节讴歌它的明亮，它的团圆，它的美丽和它的独一无二，却从没有人去体验它的孤独寒凉和寂寞悲情。

我想要哭，得感谢这夜色温柔待我，秋天的夜空明月悬挂，光彩流溢大地，皓月下是我与汽车的孤影。我羡月的孤美，因为它赢得了千百年来人的青睐和欣赏，我之烦恼却无人知晓，唯有月色抚慰我心。

终于等来了4S店的修理员工，月色下，他头戴探照灯，掀开车前盖，插上电瓶的正负极，瞬间说我可以发动了，但前提必须是发动机得工作半小时以上才能熄火，否则明天还得重蹈覆辙。

我于是开着车穿越了瘦西湖的隧道，沿着古运河边的闪烁风尘，在月光的笼罩下，波光粼粼的涟漪也是那么的五彩斑斓，还有秋风萧瑟伴着落叶的飘零，也让我觉得这是一种凄美的梦幻。从解放桥的七亭角过跃进桥的桥心亭，从大水湾的弓字桥至渡江桥的街心屋，护城河的城墙根在呼唤中呻吟，南门遗址的响水桥下有清澈的运河水的支流在潺潺流淌，在生生不息。

儿子电话来了：妈妈，我回来了，你在哪里？我很想告诉从南京刚回来的儿子，妈妈在月光下，在赏千秋万载不变的月色，在行通往自由而幸福的生命之路，在感受月之寒风之清凉和世间之变幻……

记住了，今年的中秋前夕，一个非同寻常之夜，有很多东西与我相伴，母亲的嘱托，儿子的呼唤，运河的风景还有千百年不变的孤寂的月光，伴着车的发动机的声响，与我一起奔跑着……

我像谁？

才工作那年，我们科里的一个护士，是上海人，见到我第一眼就喊我"刘嘉玲"，我想起了上大学时，曾经也有人说过我长得像刘嘉玲，只是当时并没有在意，这是第二个人说我像刘嘉玲了，我得把自己重视起来。为了找到刘嘉玲的照片我翻了好多杂志，同时对准镜子，照了又照，看了又看，比了又比，得出的结论是：如果我瘦二十斤的话，脸型和神态就像了。

我于是好好努力了二十多年，一心想着瘦下来，可最终一斤没瘦得下来，与刘嘉玲的距离却越拉越远了。人家刘嘉玲还在继续瘦下去，我却在继续胖起来，她终究让我望尘莫及了。

去北欧旅游，我心血来潮把长发放下了，这一路上的上海人，个个一个劲地说我像三毛，台湾著名女作家，我上网迅速翻阅三毛的照片，并把我的照片认真仔细地与三毛的照片对照分析，得出结论如下：长发像，五官不像，气质像，神态不像。还有就是三毛的照片，永远定格停留在她的《梦里花落知多少》的岁月中，她的忧郁伴着她永远的年轻活力，驻扎在每一个喜欢她的读者的心中。

自从有了手机，我便喜欢自拍，据说喜欢自拍的人一般都有自恋强迫症，狂热地爱自己超过了爱别人，我大概属于此类，这好比一个人喜欢照镜子一样，美国有人专门研究人为什么喜欢照镜子，结论是人面对镜子中的自己的时候，大脑中美的概念值上升了百分之三十。于是我把自认为很美的照片上传了微信朋友圈，以慰我爱美的虚荣。

　　没想到此次北欧旅游的照片中有很多张自恋照竟被别人说成是蒙娜丽莎，说的人不止二十个，我上网查了一下"蒙小姐"的照片，与二小姐的照片进行了细致的分析对照，结论是：头发像，神态像，人种不像，五官不像，人"蒙小姐"金发碧眼的，且几百年保持一个坐姿，且笑容不变，我二小姐永远做不到。

　　"你像杨二车那姆！""什么？我像杨二车那姆吗？""是的，你的气质就像杨二车那姆。如果头上再戴上一朵大红花就更像了。""呸，你以为两个人的名字里都有二，就像了吗？那女人可不是个寻常的女子！我不愿像。"这是中午与一朋友面对面吃"冒菜"的时候，冒出来的对话，我差点气得要把吃下去的东西全吐出来。怪只怪我吃饭的时候，又放下了长发，我的长发齐腰了……

　　这回我根本不需要上网查杨二车娜姆的照片了，我对她印象深刻，一个来自四川沽湖镇的摩梭人，一个极度偏执而又极端变态的女人，网上曾说她是爱戴花、爱卖傻、爱骂街的三爱女人。岂能让我像了她……

　　我究竟像谁？一个年逾五十的女人，竟还在抱着像谁的幻想，未免有点可笑，或者说太过幼稚了。有人说这是心态还很年轻的表现，反过来就是不自信，总想生活在别人的光环下，寻找自己的影子，难免有些悲凉。这只是茶余饭后的一种自我解嘲，说出来，就成了笑话了。我就是我，有世界上独一无二的人格和尊严，连同肉身和灵魂早已经独立的自己，在人生的舞台上，将永远只扮演着主角，我自己的主角。

　　我像谁？谁像我？大千世界，岂能没有相似的背影？可真正的意义又有多少？谁也代替不了谁。

微信辟谷

"辟谷"源自道家养生中的"不食五谷",是古人常用的一种养生方式,近年来甚为流行。有人把辟谷当作了减肥的良方,以为那是辟谷的最终目的。"辟谷"之所以让人神清气爽,是因为它打开了人体吸收能量的通道,吸收自然的灵气和清气。也就是不吃饭,却利用能量来维持人体正常的生理功能,在此过程中清理垃圾,排除毒素,调理人体疾病,清肠宿便,加速新陈代谢,修复人体功能以调理身体达到保养身心去病的方法。

前天我突然想辟谷一天,并不是我的身体,而是我的微信。我想通过微信辟谷让我的六根清净一天。

微信辟谷倒是件新鲜的事情,实际上最终辟谷的是我,最终受益的也还是我,如果微信辟谷对人确实有益的话。你看我强行关了手机,让自己成为一个与外界信息隔绝的人,我装得若无其事的样子,在人群中走来走去。可不出一个小时,我就感觉失去了自我,我与这个世界没有了关系,甚至有被这个世界抛弃了的感觉。可我就想不通了,我们的前辈们，甚至追溯到我们的先人，几十年上百年几千年没有手机，仅仅通过看报听广播写信的方式了解世界和被世界了解，他们不也活得很好吗？

我蒙头大睡起来，我发现睡眠可以暂时摆脱网络的牵挂和想念，只是入睡前，我在说服自己，忘记手机，忘记微信。我告诉自己长期用手机，对健康非常不利。我的眼睛几乎快昏花了，看近的需拿掉眼镜，看远的需眯起眼睛，这样下去，会瞎的。我喜欢对自己下重手，尤其表现在吓唬自己。这是一个方面，还有每天总在牵挂朋友圈的更新，看笑话，看美文美景看美女，看心灵鸡汤，虽然增长了知识，陶冶了情操，而且感觉自己的品位在逐步提升。但是这一切都必须在低头的状态下完成，长此以往，颈椎会出大问题的。长期迷恋网络迷恋微信，我会浪费我的生命，最终将会失去自我……

我发现，我辟谷的理由相当充足时，很快便入眠了。在梦中，我做了一个合格的潜水员，我故意不露脸，甚至连红包也不抢了。有人开始骂我是一个猥琐的人，一个脱离群众的人，甚至是一个自私的人。我大声说，不，不，我是一个纯粹的人，一个离不开手机的人……我醒了！

整整二十四小时，我在反思在寻找失落的灵魂。我以为这是一种精神和思想的辟谷，我原想让自己在短时间内，成为一个脱俗而高尚的人。让我的大脑避免网络带来的毒素和垃圾，让我的心灵在二十四小时之内得到一次升华和洗涤。我原以为，我能做到的。

事实上，二十四小时期间，我做不到没有私心杂念，我似乎感觉有人在寻找我挂念我了，说不定会有人为我害病了，出了人命可不是闹着玩的。我还感觉，在我的朋友圈中，有更多的人在期待我的文章出现，还有，那么多的好文章期待我去打开，去阅读，去欣赏呢。

我终于在辟谷二十四后打开了手机，发现父亲母亲找我三次，还有其他八个未接电话，他们中有我的患者、朋友和同事！我连忙一一回话，对每个人都在重复同一句话"对不起，我手机坏了！"再看看微信，有二十多条未读信息。大部分都这样写着：你怎么啦？会不会病啦？……看得我热泪盈眶，感慨万千。我知道，上辈子一定是我欠了他们的债了，才被他们追得这么紧的。

手机辟谷看来并不是一件好事，也不是人人都做得了的事情，更不是值得推广的事情。如今是现代化信息化时代，谁都离不开网络，手机的功能完全智能化了。你甚至连打个的士都离不开手机，可见手机给我们提供了方便快捷和安全的生活保障，维护着人与人彼此朴素而火热的情怀……

我终于在朋友圈发了这样的信息：春天之所以美好，我想最好的理由就是有人惦记着花儿，时间再短，花儿却是一生一世……还辟什么谷？这世上花儿多的是，我还是赶紧去"装嫩"吧，为的是添一点春色在这个季节里！

补袜子

自冬天以来，每天早上最纠结的就是穿袜子。拿着袜子，常常发现这只上面有个洞，那只上面还有个洞，而且每个洞几乎都在脚趾头的某个固定部位。早上时间匆忙，有时怕麻烦，慌乱中就穿上有洞的袜子出了门。没想到一天下来很不舒服，脚趾头不停地冒出洞口，只得脱下鞋子，整理袜子，让脚趾头避开洞口。可没多久，脚趾头又冒出了洞口，被勒的趾头有一种被绑架的感觉。偶尔因为冒出的趾头裸露在鞋子里面，还有一种被抛弃的感觉。

这样的感觉很不好受，总搞得人心烦意乱的，恨不得脱了袜子光着脚丫。这一定不是什么新鲜的事情了，我相信每个人都有过这样的经历。

从前，只有过年才穿上新袜子，而且一穿就是几天，发臭了也舍不得换掉。那时的袜子都是尼龙袜，虽然容易臭脚但结实有弹性，很难穿得破，只是容易撑大走形。即使穿破了，总有人帮我补起来。穿补丁袜子是常事，虽然穿着多了补丁的袜子并不舒服，但总比裸露着脚趾要幸福得多，又总躲在鞋子里，谁也不会笑话谁。

如今，穿新袜子是常事，扔旧袜子更是一件容易的事情。可是当我面对一大堆破袜子时，我变得吝啬而小气起来。毕竟它们曾经陪伴过我，一起走过流年的时光，包裹温暖过我的双脚，就因为一个小洞，一下子抛弃它们，我有些不舍。而且它们品质都不错，有纯羊毛的，纯棉的，比起尼龙袜不知要好到哪里去。就这样扔掉吗？怪可惜的。可不扔掉又能怎么样？

　　前几天我回娘家，一进门就看见母亲手上拿着针线，母亲看见我，手忙脚乱的，想掖着藏着已经来不及了，可是她很快镇定下来。我，我在给你爸爸补袜子。母亲说完，脸上笑得自信自然多了。

　　我知道她与父亲的退休金很高，平时却舍不得乱花一分钱，缝缝补补的事情是常事，刚才的举动只是怕我责怪她而已。我说：妈，去年我给你们买了那么多新袜子为什么不穿？非得补旧袜子。母亲大胆起来，笑着说，你爸爸不许扔，他的脾气你是知道的，咱穷不失志，富不癫狂，人在什么时候都不能忘本。袜子破了补补照穿，这叫惜福。我当然知道我爸爸的脾气，他是从苦日子过来的人，据说从前上师范的时候，食堂排队买饭都是站在最后一个，因为他的衣服裤子全是补丁。他勤俭惯了，讨厌浪费，也讨厌我们不理智的消费。母亲的言行，让我一下子谦卑起来，豁然明朗起来，我似乎找到了归宿，几天来对破袜子的纠结终于有了最好的答案，那就是补呗！

　　刚刚上完门诊回家，我就补上了袜子。自认为心灵手巧的我，学着母亲针织的方法很快补好了五双袜子。看着眼前劳动成果，比看见新袜子还兴奋。我赶紧穿上，熟悉的感觉很舒服，看了看原先有洞的地方，有一种失而复得的感觉。

　　补袜子，多么新鲜的事情居然发生在我的身上。生平第一次补袜子，让我补出了灵感和智慧。首先，平常脚趾甲一定要定期清洗和修剪，避免戳破袜子。其次，左右袜子要交替着穿，避免同一部位的长期磨损。

还有发现小洞出现时，立即修补，避免酿成大洞。

　　人在什么时候都应该珍惜眼前的一切，穷不失志，富不癫狂，母亲的话将使我受益终生。我相信家里有一个会补袜子的女人，一定会让人羡慕和嫉妒，勤劳致富、勤俭守富，可贵的是，这一切又岂能用金钱来衡量？

你加入微信运动了吗？

1

先生出差了，早上用不着花时间煮稀饭，算好了时间，我便决定步行上班。

冬日的阳光暖洋洋的，天也出奇的蓝，地上有潮湿的地方已经结冰，路边的树叶和花草上结满了白色的霜花。小区里我看到有人在用热水擦洗汽车的档前玻璃，这个方法虽然麻烦也许比打开空调除霜有效。大步流星地走在路上的我，吸着冷冷的寒气，在阳光里竟感到无比的惬意和舒心。想着这些天我的情绪已经平稳，而且我的写作也很顺利，还有昨天父亲对我的《坐着火车上大学》大加赞赏，你看我脚下的步伐竟特别的轻盈。

上班的这条路已经不是第一次第二次走了，前方前几天刚刚拆迁了一大片居民房屋，这会儿路边堆积的废墟上有很多的农民工爬在高处，清理着工地上的砖头和钢筋混凝土的残骸。如此冰凉的世界，如果不是为了生活，谁愿意一大早在这寒风凛冽中搬砖运瓦？

我发现废墟的路边有瓦匠在砌着围墙，还有两人在路边用水拌着黄沙和水泥，同时拿着盐袋往上面洒着盐。我很好奇，问瓦匠师傅为什么撒盐？师傅笑曰：为了不让黄沙水泥结冻。这个结果果然让我涨了知识，很久之前我就纳闷冬季为什么在农村，农民能够砌房，怎不怕上冻？看来学问无处不在，冬日里是能够砌房的。

"嗷嗷，嗷嗷！"一直有这样的声音从前方传过来，声音一听便知是鸟在叫唤。我循声望去，在路边，河岸花园旁，一辆自行车的笼头上，栖了一只黄色的鸟。鸟儿体积不大，嘴巴宽厚，毛色鲜艳。看见我走近，丝毫不惊，兴奋且活泼。贼溜溜的眼睛一直在转动着，上下打量着我。我好奇地迎上去，我对鸟不熟悉，但知道一定是宠物鸟。我看到了它的主人，一位老人正站在自行车旁边，小东西看见我靠近，依然在发出"嗷嗷嗷"的呼叫。这是什么鸟？我问。鹦鹉，老人答。会说话吗？我问。会说话，老人连忙高兴地回答。叫什么名？我问。叫哈罗，老人告诉了我鹦鹉的名字。老人刚说出叫哈罗三个字，这小东西便发出了"你好"二字，我于是连忙朝它喊哈罗，它先朝我不屑一顾地一瞥，然后很不情愿地说了声：你好！声音很勉强，不如喊它的主人你好二字响亮。哈哈哈，今天是个好日子，平生第一次与非人类进行了语言对话，而且还带有感情色彩。它知道，我对它只是个过客而已，它依然礼貌地回复我。我知道，这个世上，不是所有的人都能做到去礼貌地对待同类，特别在有情绪的时候。哈罗，你真的好！

路上行人不多，我身旁的汽车却堵起了长队，我知道这正是上班高峰期的时段。

前方新开的一家超市叫"亿嘉仁"的，因为名字比较特殊，所以印象特别深。很多朋友告诉我它家的东西特别好也特别新鲜。由于它遍地连锁店的存在，它已经让很多的超市快要关门了。据说管理很特别，一大早，门口便站了一排统一着装的营业员，前面站了个训话的。我加快步伐，靠近一下，听听究竟训话是什么样的内容。"我们每个人都必须做到热情饱满，百问不厌。顾客就是上帝，顾客就是父母爹娘，你对他们好，他们就会乖乖地掏出钞票……"这样的训话内容非常的别具一格，思想意念也与众不同，把顾客当上帝倒是常听到，把顾客当爹娘倒是第一次听说。虽然第一次听说，听来却感到万分的亲切。是啊，这句话说得一点没错，可以用到各行各业，包括我这个医生身上，可也只是心怀仁慈的人，才能做到，只是后一句乖乖地掏钞票有些不妥，可恰恰这句话却又是最大的实话。农学院旁边的路边有几个戴头盔的工人围着一口地下井，井盖早已掀开，其中一人正往井里跳。我知道，现在时间才上午七点半，他们也许天不亮就起床了，他们也许已经翻了多少个井盖了，知道这是他们的工作，更知道他们在最底层做着不平凡的事情。我想对他们说一声：城市的修理工，早上好。

今天的步行速度很快，医院就在前方，我的身上已开始微微出汗了。步行带来的愉悦，不仅仅在我的体表肌肤骨骼上，也在内心深处。医院大门的门卫在向我点头，还有扫地的清洁工，这是个和谐的社会，我们只有分工不同，我为人人，人人为我，这是个简单的道理，未必人人都懂。

2

又是下了一夜的雨，我也下了一夜的决心，连续几天的饭局，我的体重在直线上升，我不能再等了。我躺在床上决定，今天上午步行上班。

秋天的雨绵绵缠缠，我撑着花伞，迈开了步伐。我不忘挺胸收腹，昂着头故作姿态着。想着曾经有高人指点，保持体型的几点要素。反正闲也是闲着，边走边做着，说不定会被人当作路边的一道风景线呢。

路上汽车电动车川流不息，上班高峰期的人流在雨中更显一片繁忙，刚刚风景线的想法一下子没有了，路上除了我，几乎没有一个闲人。

雨似乎小了，路边绿色草坪旁停着一辆手动轮椅车，一老大爷正悠闲地坐在轮椅上，仰着脸，睁着眼睛看着天空，张着嘴在做着深呼吸，一副悠闲自得享受的模样……我赶紧移开了花伞，才发现雨早就停了，连落叶都在飘飘洒洒地翻炒着地面……

路边饭店门口，蹲着一条土黄狗，我看了它一眼，它盯着我看了好几眼，想必没有路人从它的门前像我这样悠闲的，它身子没有挪动半步却象征性地朝我"旺旺"了两下，算是招呼吧，也提醒我千万别逗留。

"孔姐，孔姐！"有声音在叫我，我循声寻去，看见一宝马车的窗户正摇开，有个帅哥的头伸了出来，我看了半天没认出是谁。

"我，小马，你的病人！上车吧，我送你！"帅哥边慢慢开着车边朝我喊道。"谢谢你，我今天锻炼身体！你走吧！"被谢绝的宝马车渐渐消失在我的视线里，我仍然在想着，他究竟是谁呢？

"今天出摊啦，不怕查卫生？"美食街十字路口有个路人在朝"鸡蛋饼"的小贩摊主喊道。

"今天不怕，明天也不怕，下雨了，查卫生的不会出来！哈哈哈！"摊主的笑声传得很远，轻松而快乐，我看见他的双手正麻利地抓着一块面饼……这一定正是他最轻松的人生时刻。

十字路口等着红灯，一对老年夫妻手搀着手在过马路，正朝我的方向走来。老大爷紧紧拽着老太婆的手，接着又把老太婆的手放在了胸前。走到我面前的时候，我才发现老太婆原来是个盲人。她的脸上始终保持着微笑……这一刻谁都羡慕老太婆。

生活给予每个人都是公平的，没有了双眼却有一双大手在给她牵引着方向，有一个胸膛在拥抱着她黑暗的世界。

农学院大学路的地面上铺满了黄叶，那是一夜风雨后，梧桐树飘落的。远远地我竟看出是枫叶的形状，这很容易让人忧伤，浮想起曾经火红的栖霞山，枫叶在我梦中一片片飘零的景象。一位清洁工，中年妇女，正扫着马路，刚被她堆积起来的落叶，一阵风过后，在她身后又飞舞散开。她抬头看看天，摇摇头，又低头去扫……

　　医院就在眼前了，我打开微信运动排行榜，破天荒我竟得了第一名。有人开始点赞了，这一定是个美好的一天。

鱼汤干拌面

中午很晚才下班，已是饥肠辘辘，对于去何处用餐作了小小的斟酌。去食堂，不仅是剩饭剩菜，而且是冷汤冷水，吃下去不舒服；那就回家，自己搞点热汤热水，既实惠又可口，这大冬天的，一定会吃得浑身热血沸腾。可这路上来回折腾一个小时，划不来，忙半天还捞不到休息。那我一个人去哪儿呢？要不干脆就去医学院北边，那儿新开了一家高邮鱼汤面馆。从门前走过了若干次，每回都是门庭若市的样子，不如就去尝一尝。

面馆门面不大，装修也很简陋，一进门就是操作间，有三四个客人在里面。我看着墙上的菜单，再看看他们碗里的面和面前的鱼汤，想想我该来点什么品种呢？干脆就按他们的吃法，他们一定是些老食客，我便不会吃错。我说："老板，来碗鱼汤，再来碗干拌面。"

"好嘞，马上就好！"老板是个女的，三十多岁，模样干练清爽，正宗高邮口音。声音也很清脆，带着欢笑，也带着热情，让我顿觉温暖和感动。她边说边忙碌起来。

"你一定就是高邮人吧！"我问道。

"正是，我们小孩在附中上高中，就来扬州开了这个小吃店，既可以赚点家用，又可以陪陪孩子！"老板笑着不停地说道。

我注意到门口的灶台上有两个大锅，一只是专门下面的汤锅，一只是正在文火的鱼汤锅，里面有大半锅白白的鱼汤。她左手用一只大勺子，抄底舀起一勺，右手拿一漏纱，下面摆放的空碗很快漏满一碗浓浓的鱼汤，再倒净右手漏子里的鱼渣。接着，随手抓起一把蒜花，洒向碗里的鱼汤，顿时蒜花的香味扑鼻而来。

"老板，这碗鱼汤怎么卖？"看着这么诱人，制作方法也很特别，要在家自己烧，几条鱼也烧不了这么浓。

"两块钱一碗！我老公每天早上四点钟就从高邮湖买来新鲜小鱼，别人嫌小的我们全要，成本不高所以收费不贵！"老板的话我相信了，因为我正在喝着鱼汤，感觉就是新鲜、鲜香、可口，一点腥味也没有，只是两块钱也太便宜了。

"干拌面来了！"一碗干拌面就摆在我面前，我早就留意到碗里搁的是一筷子荤油、一勺子酱油，还有洒上的白胡椒黑胡椒，这也许就是高邮面全部的配方。我曾听人说过，高邮面配方的精华在酱油上，据说酱油是与葱姜一起熬熟而成的。我问老板是不是，老板笑着点头。我又问她，这样一碗面条，多少钱？她说四块钱。听完我心里并不是滋味。

吃了两口喝了两口后，我便端坐在鱼汤和干拌面的面前，因为味道实在太好，有点舍不得这么快吃完。我想了很多，一是太便宜了，虽然工艺简单，可原料来源正宗，制作过程并不容易。二是这么好的面和汤，我一定要晒到朋友圈让大家分享。三是我要建议老板适当涨价。

"老板，这么好的鱼汤，你可以抬价到五元，也一定会有人喝！"我以为我在帮她出主意。

"不涨，小鱼儿买来就不贵，我们不能瞎赚钱。等明年儿子考完大学，我们还是回老家。"老板笑着说着，像在说别人的事情，又像在说过去的事情。我后悔没有早一点踏进来，我相信他们儿子一定是位聪明诚实懂事的孩子。

我告诉老板我在我的微信朋友圈里，已经晒上了她的面和汤，老板看后"咯咯咯"地直笑。

走的时候，她坚持不肯收下六块钱。我问为什么？她说，你看，你都帮我在做广告了，我岂能再收你的钱？我撂下了六元拔腿就跑。她跟着我在追，我就拼命地跑，我看见她停在路边，在我身后喊着，下次还来啊，下次还来啊……我当然还来，我一定还会带人来。

会文友

终于见到了姜素素。

那天下午，我一人开车从扬州去了泰州报社，直接到了她的办公室，我微信了她。"姐，我来了！"站在她的办公桌前，我屏气凝神了许久。她的桌面凌乱、杂沓、品种繁多。信件稿件杂志报纸堆积如山，电脑开着，电脑旁，一只白色瓷杯里塞满了香烟头，瓷杯的旁边，竖着几只漂亮的彩色钢罐子，上面写着中国名茶、中国白茶和中国绿茶。桌子的下面乱七八糟地摆放着一些杂物，醒目的是一双破旧的球鞋。椅子是沙发椅，看上去有了年数，扶手的边缘已磨损，看到黑色皮革里的草垫……这样一个男性化的桌面，电脑旁却有半瓶倩碧的黄油。我当然知道她是女人，"姜素素"吗，女性味十足的字眼，怎会是个男人。

认识她是在半年前的QQ，无意中我加了她，我们相安无事了一些日子。突然有一天，她用我的网名"月二"冠名了她的狗，这让我很不舒服，我于是唇枪舌剑了她，我甚至开始破口大骂了，而她却丝毫没有反击我，根本没把我的骂当回事。我的心开始软下来，想想也不是多大的事情，何必这么计较？她不撩我，知道她并不是我想象中的坏女人。

走进她的QQ空间，知道她是位作家，是位报社编辑。她幽默的调侃充满了苦涩和辛酸，尽管她表现得轻松，常常总是拿自己开涮，却是在用平淡的话语诉说着她无奈的人生。她语言独特，直白有质感，娓娓地诉说着父亲、哥哥、弟弟，她的亲戚朋友，以及她所爱过的每一个男人……我被她的胆大震惊了，也为她的诚实而感动。很快，我们便加了微信。我常常在微信上看到她抽烟喝酒的照片，玩石锁的照片，也见到她为九十岁老父亲做饭洗脚的照片。知道她是一位奇女子，有才华、有个性、有良心。也看见了她生硬的笑脸，不自然，不轻松，那是装不出来的。

巧的是，她唯一的弟弟跟我在一个医院工作。半年时间，她让她的弟弟送了三次书给我，还陆陆续续地从我的QQ上提取文章，刊登在她的报纸上。

该见面了，从春天开始，说到了夏天，从夏天又说到了秋天，冬天都已经来了……我每个季节都在说着要去见她，她每回都当真，每回都被放了鸽子，她却从不说我，我每回都难为情。

她向我缓缓走来，穿着运动鞋，摇晃着男性的步伐，张开了双臂，带着满脸的笑容，露出了整齐的牙列，那上面布满了黑色茶斑烟斑。她在喊着，孔二小姐，孔二小姐。她热烈地把我拥入怀中，我触碰到她"石锁"般的手臂，坚硬有热情，温暖有活力。她身穿一件旧黄色的中性外套，像她父亲的，又像她男人的，根本不合身。紫色的内衣，露出了毛糙的袖边，袖边上拖着一根线头。头发很短，随性而自由，像个男人，说她不修边幅一点也不过分。她的面部表情极其丰富，不用发声也能知道她想说什么。再细看，她其实有双漂亮的大眼睛，轮廓清晰的嘴角，如果不是皮肤粗糙，如果牙齿洁白，如果她穿上女性服装，装一点矜持和优雅，哪怕是一点点，也算得上是一个不丑的女人。

没想到，她喝多了，喝多的她变得妩媚起来。席间，她坚持要带上我送她的围巾，没想到就一条简单的围巾便完全扭转了她原本的形象。她微熏的脸庞红红的，两侧的酒窝深深的，歪着头一直在朝我笑着，女性的柔美立刻展现出来，她其实很美。

"我要我的父亲长寿，我愿意为他烧饭洗脚，这是我的福分。我要我的哥哥弟弟生活美满幸福，我愿意支持他们……"她似乎什么都愿意对我说，声音那么低沉，那么真切，说的时候，盯着看我，满眼的深情。"我可怜我的弟弟，他是个苦命的人……"，我并不清楚她的弟弟，也不便多问。她只字不提自己，想的全是别人。原来，她原先的苦难都是她为别人的担当。她赖在我车上，说喜欢上我了，想跟我回家，像个孩子缠上了大人似的。我说，跟我回家可以，你父亲谁来照应？她一听，猛地清醒过来，说，是的，我怎么忘了？边说边连忙下了车……那毛糙的袖口掩饰不了她内心的细腻，即使在酒醉中。

女人有很多种，各有各的活法。姜素素活得豁达、无私和明朗，因为她满脑子想到的是别人。她一直在说，她现在的日子很好过，不用担心吃和穿。说她小时候，家里穷，父亲吃了很多苦，母亲没有享到福……我很想问她的爱情，话到嘴边又咽下了，我太贪了，不该知道那么多……

美女老赵

老赵，一位六十岁的资深美女，会拉会弹会唱会跳，你会说，难不成当年她是文工团的？你说对了，当年她就是文工团的。

八年前，有一朋友把她带到我的诊室。

高挑的身材，挺拔多姿，丰韵而轻盈，长发披肩，笑容可掬，猛一看你会心一惊，第一感觉这女人年龄比我大，但比我漂亮，绝对是个大美女。第二感觉从外形气质上判断完全是个文艺范；皮肤虽然不细腻，但没有皱纹的脸上表情极其丰富。笑的时候，眼睛成了一条缝，口角轮廓分明，整齐的前牙干净洁白。不笑的时候，眼睛也不大，但圆而有神。最关键的是，眼睛似乎会讲话，悠悠地看着我默默不作声。我立刻被她的气质征服了，有时，女人看女人，也会是一种欣赏，那种感觉绝对不比男人看女人的差。你同样会被她吸引，因为这样的女人，有故事。不仅如此，我还有似曾相识的感觉，这样的感觉磁性般地在我脑中盘旋，那个时间和地点很遥远、清晰，而且很亲切。

"我怎么觉得我认识你？"我忍不住问了她。

"是不是我在与你们医院做氧气生意，经常出现在医院的缘故？"她笑眯眯地说道，噢，她原来是与我们医院做氧气生意的。

　　"不是的，我见过你年轻的模样！"我可以肯定，因为盯着她看的时候，我脑海中居然出现了这样的一个画面：在我们县政府旁边的一个小巷口，一个年轻的窈窕淑女，容貌俊俏，翩翩地走向那个幽静的深巷，那个深巷冰凉的，铺满了青石板。那妖娆艳丽的紧身花衣裳，那一根粗黑的拖到腰下一甩一甩的大辫子，还有那回眸一笑锐利的口角……

　　"怎么可能？你哪里人？"她笑问了："听口音，难道是泰兴的？"

　　她终于讲述了当年的故事，十八岁的扬州姑娘被泰兴文工团招收，在泰兴度过了她最美妙的青春年华。她的神色兴奋而迷茫，饱含深情；眉梢彰显着傲气，又有些失落……我一下子确认了那个大辫子就是她，就是我老家邻居大姐。这样的感觉顿时拉近了我与她的距离。她身上的故事一定是凄凉的、悲戚的，因为一切都写在了她的脸上，她的笑抵不住我目光的尖锐和穿透。

　　接下来的日子，她有事没事地来找我，五十多岁的女人，跑着氧气厂的销售，奔劳在市区各家医院。她来了除了看牙，就是闲聊，她说她喜欢我，总想跟我掏心掏肺。我说，我也喜欢她，一个美丽大方而又自然的女人，再普通的衣裳穿在她的身上也不普通。她的一举一动，一颦一笑是那样的有型有款，仿佛是舞台的造型。

　　渐渐地，我知道了她有个二十大几未婚的儿子，转业军人，已有了一份事业单位工作；我也知道了，她是单身离异女人，这样有着风情的女人，让女人都觉得可惜；我还知道了，她与她儿子一人一套房子，完全靠白手起家，靠的是她的努力和奋斗；我更知道，她把她的青春埋藏在了泰兴文工团，还有我记忆深处的那条铺满青石板的深巷。那里有她噩梦一样痛苦的婚姻，充满着厮杀、血腥、谎言和仇恨。我更知道，曾经与她相爱的人，早已离她而去……这一切，都是在她的微笑中娓娓道来的。她不哭，却引出了我的眼泪。

常常带一袋水果给我，又常常从她包里掏一瓶辣酱给我，还常常送一件花衣裳给我。我的同事们个个都妒忌我了，说这样的女人太养眼了，却被我一人"霸占"着。我哈哈大笑，我说，我正寻思着把她嫁出去哩！说嫁出去，就得行动，可皇帝不急太监急啊，她说要等儿子完婚，她说她已没有了这样的欲望……

其实，我知道，她一直深爱着一个人，那是个别人的丈夫。她说，她等，我说，等什么？她还说她等，我急了问她，是否等他老婆死了？这回，她哭了，第一次见她落泪，竟然是听到我想让他老婆死了。

医院让我演戏，而且是京剧，出演《智斗》中的阿庆嫂，我急了，我出生在"文化大革命"后期，我哪里会唱什么现代革命样板戏啊？

老赵说，放心，有我呢，这是我的强项。果然，她能一板一眼地一人分饰三个角色地唱下来，居然还把我给教会了。只是第一句刁德一的"这个女人不寻常"我至今没能像她那样唱得韵味十足，跌宕起伏。演出结束后，她在后台给了我一个热烈的拥抱，她说比她当年演得好，说起当年，我看到了她眼睛里有了闪光的泪水。

儿子终于结了婚，孙子也终于上了幼儿园，老赵依然在跑着氧气生意，还担任着老年文工团中的大贝斯手。

她说她幸福，因为她根本闲不下来思考不幸福的问题。她说她这辈子无怨无悔，靠的是她自己，圆了有房有车有孙的梦

一个别样花开的女人，一个战斗不息的女人，一个幸福的女人，一个不同寻常的女人。

有一个问题至今我俩都答不出来了，那天，究竟是谁把她带进了我的诊室？你知道吗？

第五辑 天使的足迹

那年我高考

那是三十四年前的事情了。还有几天就要高考，我却失眠了。我甚至可以从晚上十一点上床，清晰地听着隔壁邻居挂钟的敲声，直到天亮。我清楚失眠的危害，于是常常一个人在夜里痛苦地流下眼泪。也许流泪是大脑完全放松的状态，泪流满面地进入睡眠状态倒成了夜晚我最大的祈求。

这不是件小事，我却不敢告诉我的父母，母亲每天在变着花样帮我弄吃的，父亲每天早早地就回家，编说笑话引我发笑，虽然不好笑，我仍哈哈大笑为了让父亲放心。

明天就要高考了，我努力地在放松自己，可是很遗憾，早早上床的我并没有任何睡意。大约十一点的时候，我的房门被悄悄推开了，我闭着眼睛屏着呼吸，我感觉到了是母亲进来了。她的脸凑近了我的脸，我迅速假装发出均匀的小鼾声，我知道，父亲一定不放心我的睡眠让母亲进来"视察"我来了。母亲转身离开的同时，压着嗓子低声说了一句"睡着了"，随后便是父亲的一声"好嘞！"可以想象出来，父亲一定站在门口很久了，一定一直凝神听着我房间的动静。

我辗转反侧着，隔壁邻居的大钟敲过了十二点的时候，父亲推门进来了。"小锐，起来吧！爸爸带你去散散步！"我这才知道，他与母亲一直守候在我的门外，并且发现了我根本没有睡着的秘密。

沿着长征路向国庆路散步，父亲跟我谈着他小时候的故事，说小时候，家里穷，吃不起，穿不起，为了逃避吃豆饼粥，宁可挨着饿。说十岁前的夏天，从来没有穿过裤子，我听了"扑哧"地笑了起来，父亲看见我笑也笑了，似乎为刚刚的故事的有效而高兴。说上了师范，每天排队买饭总站在最后一个，因为身上的衣服总是打着补丁，难为情，怕别人笑话了。这个故事我没笑，我知道父亲有着他苦难深重的童年和青年，每一块"补丁"都覆盖着他心灵上的每一处伤疤。

父亲的脸是严肃的，认真的，在这样一个特殊的夜晚跟我讲述他的故事，一定有他的道理。也许告诉我人生的道路是崎岖和坎坷的，也许告诫从此长大了的我，要勇敢地面对这个世界的一切。

热风吹在我的脸上，我开始有了一丝睡意，父亲似乎很精神，并没有对我再说什么，我于是跟父亲说：爸爸，我想回家睡觉了。

高考在一天天地进行着，我的睡眠一天比一天好起来，考完最后一门的晚上，我从夜里九点一直睡到了第二天的上午九点，几乎睡醉了。

高考不是我一个人的高考，父亲母亲一直陪着我，从清晨到黑夜，从黑夜到清晨，那是一种爱的守候，珍贵而终生难忘。

火炉南京

　　大三的最后一学期，让我彻底明白了为什么南京被称作中国四大"火炉"。天气热得让人窒息，到处热烘烘的，嘴上不停地喊热早已经不是北方人的专利了，个个心烦意乱的，南方人似乎更无法适应气温如此的高调。

　　汗没有停下来的时候，我的后背竟起满了痱子，出奇的痒，我忍不住去抓，使劲用指甲去抓才过瘾，只图一时的舒服，被我抓破了，也浑然不知。汗一出，衣服一靠近就腌得疼痛难忍。晚上睡觉只能侧身不能平躺，这种感觉让我不分白天和黑夜地难受。

　　还有一周就要考试了，医科大学生的考前复习有着你无法想象的残酷。繁重而艰巨，复杂而琐碎，漫无天际的背诵记忆已经让我们几乎到了无法忍受的边缘。白天，坐在教室，我们的教室正好在新教学大楼的一楼，有大胆调皮的男生，把自来水龙头打开，故意让水溢满了地面，整个教学楼的一楼一夜之间全被淹在了水中。一楼的教室一位难求，每天人满为患，却也乐在其中。我们双脚浸泡在水中，手中翻着书，偶尔在水中移动一下双脚，或者站起身来做个伸展的姿势，东张西望一下，很惬意很满足。头顶是哐里哐当摇晃的吊扇，夜晚灯火通明时这一切便是一幅绝妙的励志画面。画面清晰而生动，有趣而独特。这又是一种幸福，因为再也找不到比教室更凉快的地方了。火炉中的幸福很简单，要求不苛刻，坐在水中看书便是。

可是到了晚上睡觉时可就没招了。宿舍在三楼，你无法让水爬上三楼，爬满我的床头。宿舍里又没有电风扇，躺在床上只能靠手拿一把扇子给自己扇风。有同学卷起凉席躺到操场上，还有的同学爬到了教学大楼最高层的上方，图的就是有风掠过，可几乎没有风，有也是热风。

我在上床，我每天夜里在一楼卫生间用凉水冲过澡后便爬上床，摸到的一切都像烤过的一样，滚烫的。我的床上挂着一个温度计，看了一眼，天！四十摄氏度！心里一着急，又是满身大汗。赶紧下去到一楼卫生间再冲把澡，可是，再上来后还是热得没法躺下来。正在这时，我突然闻到了风油精的味道，我知道宿舍里已有人用上绝招了。

风油精是我用来对付痱子的法宝，后背被我抓破的痱子靠它结痂，尽管洒上它后会有一阵剧痛，可痛并快乐着。这样的痛会伴着凉爽，而凉爽的感觉才是我想要的，我只有在这样凉爽的感觉中才能快速入眠。我立马拿起风油精，使劲洒向全身。猛然，一阵凉风抽满了全身，我确定我可以躺下了，因为我竟有点嫌冷了，这个感觉正好。我赶紧闭上眼睛，侧身躺下……一觉醒来，大汗淋漓，一看时间才过了两个小时，离天亮还有好几个时辰，我开始了第二轮的风油精游戏。

这个夏天的期末考试并没有如期举行，学校决定提前放假，考试放在了下学期的开头。得到消息的时候，我正双脚泡在水中，有一点点遗憾和失落。

我们各自回家了，我一路的惆怅，我担心家里也不凉快。这个夏天的热贯穿了长江南北，哪里也别想逃脱，太阳向来是公平的。

这是 1987 年的南京夏天，从来都没有忘记过。

学讲普通话

我的老家在江苏三泰地区，小时候在农村长大，从来没听过普通话。上了学，农村学校的老师，没几个会讲普通话的，即使是在上课的时候，他们仅仅在方言的基础上加点音调而已。我老家的方言很有特色，与普通话完全不是一个语系，自己听惯了也就这么一回事，可外人听了感觉像讲的是日语，还不失泥土的原汁原味。加上音调的方言显得尤为不自然，连我们自己听了都感觉别扭好笑，但农村的学校里，人人都这么讲便不觉有多好笑了。很多年后，走出去才知道，我们的"普通话"竟是那么的土，土得一点儿都捧不上台面。

那时候唯一可以听到标准普通话的新闻工具便是收音机和广播，听得入神，认为这也许就是一种表演，只是很局限的悦耳享受，与生活相差甚远，加上没人指导，也没有那种语言氛围。我并不知道其他人是怎么想的，反正我是不好意思开口大声念普通话，只会默读心读。

记得第一次进城上初中，因为我是插班生，全班就只有我一人是从农村上来的。老师让我念《孔乙己》课文，我惊慌地站起来，忸怩了半天，才鼓足了勇气。我刚开口念了两句，全班哄堂大笑起来，有人在模仿重复我刚读的，有人竟笑得前俯后仰，我满脸涨得通红，很是难为情，遭到了嘲笑觉得无地自容。我变得更不想出声，上课总在尽量躲过语文老师的目光。然而我并不服气，我想改变自己，我不相信我就学不会普通话。可是跟谁学？怎么学？学什么？都成了无法解决的实际问题。

高中三年，我变得骄傲起来，全班大多数同学都来自农村，念书比我还土的人多了去了，我多少受城市一年多的熏陶，还会相对流畅地说两句。可是高中同学们基本上不管普通话这档子事，谁也不去笑话谁。彼此埋头学习，连英语都是心读，谁还会再来计较你会不会讲普通话。

上了大学，离老家远了，听五湖四海的声音，没有几个像我的家乡话一样不接近普通话的。宿舍有来自北京的，河北石家庄的，她们虽说也有来自农村的，可她们的母语似乎就是普通话，而且我觉得很标准，也很悦耳。我暗自窃喜，且下定决心，一定跟着她们学，哪怕是一个字一个字地去抠，我也愿意。

我和我的下铺，来自河北石家庄的燕性情相投，我们很快成了形影不离的知心朋友。一起上课，一起去食堂吃饭，一起逛街，一起实习……我几乎成了她的影子，甚至到了她说什么话我都重复的程度。一年两年……整整五年啊，我勤学苦练，到了大学毕业的时候，我只要一开口，外人就以为我是北方人，再也找不出我原先家乡普通话的影子了。

来扬州工作快三十年了，扬州话虽与我的家乡话差别很大，但根本不需要讲普通话。我很想找机会展示我大学五年的功夫，很担心我的才能会被逐渐遗忘而荒废。

二十天前，我被好友拉进了"全民悦读阅读扬州"的微信群里，群里有好几百人，几乎每天二十四小时可以学习朗诵，学讲普通话。我终于听到了扩音系统中我宽厚的略带磁性的女中音。流畅的声线，婉转的音律，细腻的情感，近乎完美的演绎，连我自己都惊叹，我的普通话很标准。我很想告诉远方的燕，这一切，都得归功于我当年的勤奋和她的帮助。我同时也得到了很多人的赞美，他们没人相信，我是三泰地区的人。

　　学说普通话，不是一件简单的事情，但一定也不是很难的事情。非得学有所用吗？也许是也许不是。至少我不留遗憾，作为中国人，你的普通话标准吗？

磁带的故事

　　我从小就喜欢唱歌，而且喜欢在人前表演，要不是因为从小学习成绩好，我会立志长大了去当个歌唱家了。

　　那一年我上大三，系里辅导员让班长转告我，说南京医科大学马上要举办首届卡拉 OK 歌手大奖赛了，问我愿不愿意参加？

　　正值中秋，南京的天气已开始凉了下来，可学习任务重，知道这个消息时，我心中痒痒的，想参加又不想参加。如果参加，一来可以锻炼锻炼我登台唱歌的胆量，别总是喜欢一个人在宿舍在走廊大喊大叫着，是骡子是马拉出来遛遛？这不正是锻炼的最好机会吗？虽然后来理解为成长过程的一种磨炼，但当时并没有想到这么多。知道我日后并不会搞音乐，但我实在是太喜欢唱歌了。二来可以看看自己的实力，爱唱歌的人很多，我跟别人比究竟有多大差距？当然，我一直自信得很。三来可以满足一下我膨胀的虚荣心，平时总喜欢孤芳自赏，洋洋自得，如果能登个台拿个奖该会多风光啊！

　　可是买一盘伴奏磁带得花好多钱，我半个月的生活费没了。那么就算了吧，不参加吧，干脆做名观众，又轻松又享受又省钱。

可是辅导员不同意，因为他与我们同住一幢楼，听惯了我的歌声了。不行，你是代表我们口腔系的，我看好你了，你不去谁去？我告诉你，你不去比赛今后不许在走廊上唱歌，听到没有？你必须去！他硬是帮我报了名。

名虽报了，我并没有任何准备，也知道辅导员的话是吓唬我的，我可不怕他。没有伴奏磁带，也没有合适的想唱的歌曲，反正报了名是可以不参加的。

那天夜里，食堂礼堂灯火通明，最北边的高出地面的一间算是舞台，人群黑压压的，个个情绪高昂，有坐着的，有站着的，有站到餐桌凳子上的，几乎把舞台围得水泄不通，我知道我在第二十个，唱与不唱都在我。

当第十六个选手演唱张暴默的《敢问路在何方》时，我突然想上去唱了，因为我觉得我比她唱得好得多。我立刻想好了，我必须去找她，求她把磁带借我用一下。

知道她是医学系的，跟我一届，平常经常见到她，只是见面不打招呼。如果此时再去找熟人去找她，肯定来不及了，我得诚恳点、谦和点，只要借到磁带，我就一定能得奖。我当时就这么想的，确实想法很迫切，根本就没想到如果别人拒绝我，我该怎么办？

"哎，我口腔系的，能否借用一下你刚刚的磁带。"我终于在后台找到她。

"什么歌？"她惊慌地问。任何人这个时候都不可能愿意与别人分享同一首歌的磁带伴奏。

"与你一样的歌。只是没你唱得好，你唱得太好了。"我知道我在恭维她、讨好她。我看到她的表情在瞬间发生着微妙的变化，由疑惑到犹豫不决，到坦然再到同意，最后我接过了她递给我的磁带。我赶紧说了声谢谢，我不敢再多看她一眼，生怕她反悔。但刚刚她的举动一定比她在舞台上的表演高尚精彩得多。

刚好到了二十号，我赶紧上台，没有时间再去琢磨我是否成功还是失败，所以没有丝毫的胆怯和紧张。因为没有任何准备，音乐响起来，我站在舞台中央，一边在认真地听过门音乐，一边在自我安慰，别怕，一定要沉着应战！我清楚地知道，这是我第一次现场配音乐，也是平生第一次参加唱歌比赛。

没想到效果出奇的好，我一开口，台下一阵阵的掌声和欢叫声，虽然从没有配过音乐，却异常的合拍，仿佛跟磁带配合过无数次。唱到最后的时候，我才突然想到磁带的主人，觉得对不起她。因为我意识到我唱得一定比她好，她一定正伤心着呢。

"太棒了，你唱得太棒了！"我送磁带给她时，她高呼着兴奋地向我走来，我感觉到了她真诚的祝福。我才知道，我的顾虑是多余的，我刚才想多了，我们俩拥抱在了一起。

第一次参加卡拉 OK 歌手大奖赛，我的预赛成绩全校第一。

这是三十多年前的事情，一恍惚，仿佛还在眼前。只是我想问自己，如果我是她，我会把磁带借给别人吗？

是谁病了

虽然这件事已经过去快十年了，可那位姑娘的神情笑貌，还有那凄婉的叫声，却总在我的眼前我的耳旁回放。

年龄在增长，人的认知和理解能力也在增长。有人说病人看病，医生看人，这句话一点不错。有些病人的病并不难看，人却非常难玩，于是医生得费很大的力气对付病人，而不是病。有些病人的病虽难看，但病人却通情达理，作为医生的我们即使竭尽全力也无济于事的话，内心除了遗憾便是感激。感激人与人之间存在的信任和理解，感激这个世界让我们能作为医者生存下来，营造和谐的氛围，感激彼此的宽容之心，对医者的，对医学本身的。但如果遇到较难的病又恰好是难玩的病人时，医生即使有回天之力恐怕也"在劫难逃"。

刚刚开始工作的年轻医生，很少能一下子在行医过程中做到用心去观察病人的性格特点、情绪特征的，更不能理解这两点比看病更重要。当然，这需要长期的实践，具备了丰富的临床经验后方才有体会。我这里讲的临床经验，一定包括对疾病的诊断和与患者治疗前的沟通。换句话说，一个医生只有在长期的摸爬滚打后，受伤受苦之后，方才有这样深刻的体会。

十年前的我一定不如现在的我成熟和稳健，不仅仅在医疗诊治和操作技能上，更多的是在与患者的沟通交流以及准确判断患者个性和特征上。如果一年中我接诊六千个病号，去除复诊的三四千个号，我一年中接触的新病人起码有两千个，那么十年下来，恐怕就有两万至三万个新病人与我打过交道。这样数目的病人，不仅仅锻炼了我的医疗行为能力，而且还提高了我的诊疗水平，更重要的是，让我有了较强的与人沟通和交流的能力。这种能力非一朝一夕能培养，它需要长期的实践和探索，医者仁心是基点，还有热心、耐心、细心，更要有忍耐之心宽容之心，当然医疗诊治能力和水平是首当其冲的。

说半天也没有说到主题，当然刚刚说的也并非废话，我的意思便是，一个医者的成长是离不开与患者的深度接触的，包括治病过程，以及心理、思想的沟通和了解。

那是刚刚春节过后的一天，一对父女走进我的诊室，他们是宁波人，女儿在扬州大学上学。刚刚考上研究生，因为前牙反合，想矫正。从神态和言行上我觉得没有什么不正常，看得出她心地善良，比较内向。我们交谈得也很顺利，于是我决定帮她治疗。或许，那个时候的我根本就没有把患者的性格和精神方面的因素放在重要的方面考虑，只觉得她性格温顺，文雅有礼貌，同样她的父亲也是位知书达理之人，记得是位小学教师，说话慢声细语，有条不紊。我想这样的患者在配合上应该是没有问题的，还有什么话好说的，给她做呗。

有一天，也就是在她第二次复诊时，她突然问我：孔医生，我走在大街上，我看到几乎所有的人都在嘲笑我讥讽我，我甚至不敢看他们的眼神，我心里好害怕。我停下手中的活，愣在那里，因为这句话让我吓一跳了，本身这句话就不是一句平常人能说的话，是精神和心理极度脆弱和自卑的人的语气，如果她不是我的病人，我一点也不着急，可她偏偏是我的病人。而且看样子治疗才刚刚开始，我反复问她，这个症状从什么时候开始的？她说才开始，我吓得一身冷汗，这很容易让人联想到她之所以出现这样的精神状况，一定与我的治疗是有关系的。

　　我放下手中的活，朝她微笑，夸她聪明漂亮，给她自信和骄傲，并不断鼓励她，要树立正确的人生观。人活着，根本没必要在乎别人的脸色和眼神，别人主宰不了自己，人不仅为自己而活，更为社会而活。人要在活得精彩中做有意义的事情，而做有意义的事情才体现一个人的价值……说得她点头，似懂非懂，说得我自己心里慌慌的，我知道，如果这样的病人真有心理障碍或精神分裂，根本不是靠我的几句话能解决问题的。我得赶紧加快速度，帮她结束治疗。

　　原本一年的治疗，我三个月快马加鞭小心翼翼地匆匆结束了，结束的那天，我才松了口气，我以为从此我便可以不再与她打交道了。我常常听她冒一句：昨晚上月亮好冷，我好可怜它一个人在天上。我知道，这是诗人的浪漫情怀，可是她毕竟不是诗人，她的精神完全处于另一个世界了。她告诉过我，树上的叶子会一片一片地飘落下来，盖在她的身上，她会跟着叶子翩翩起舞。听得我毛骨悚然，心惊肉跳。看着她离去的背影，我突然感觉自己似乎做错了什么，而且有一种预感，一定有什么事情会发生。

　　果然，半年不到的时间，他们父女俩再一次来到我的诊室，这回不仅仅来了他们俩，门外还来了十几个人，男男女女的，说着宁波话，气势汹汹地涌进门。父亲哭着告诉我，女儿得了精神分裂症了，没法上学，已经退学了，这一切都是在我给她治疗后发生的，而姑娘却扑闪着天真的大眼睛，一见我便上前给我一个热烈的拥抱，像久别重逢的亲人一般，甚至激动地跳起来：孔医生，孔医生，终于又见到你了……

　　门外跟来的十几个人，叽叽喳喳七嘴八舌地在向我发问，"你得负主要责任！""原本好好地来的，就是你造成的。""我们要找你们医院，这是医疗事故。""你得给我们一个交代，这姑娘一辈子前途毁了……"我愕然了，我真的曾经害怕过会有这一幕出现，我不知做了多少次祷告，希望上帝保佑这位姑娘可以康复，一切正常，然而该来的还是来了……

我说，这一切没有理论依据，从没有过这样的报道，我说，她在最初时便出现了不正常，是你们隐瞒了病情，我说实在要定我的罪，由医院来协调解决，不是你们说了算的。父亲在流泪，十几个人在控诉，我一边流泪一边心疼这位姑娘的悲惨遭遇，一边想着下一步我该怎么办？

"哇……"一声悲怆的哭叫声突然发出，姑娘一下子坐到了地上，痛苦地叫喊起来："不许你们这样，不许你们这样，不许你们不尊重孔医生，不关她的事情，我的病在看牙前就有了，是你们不给我看的，你们才是最卑鄙的人！"听着她的叫喊，所有的人都停了下来，我也愣住了，我没有想到她有这样的举措，显然与她的家人不像是一伙的。我于是弯下腰，把她从地上扶起来，抱紧她说：谢谢你，谢谢你能说真话！我同时在流泪，说不清为什么，为自己所受的委屈，为姑娘诚实的心声，为她悲惨的命运，更为她的勇敢和坚定……

我后来特地走访了她曾经的同宿舍同学，同学告诉我，早在大三时，她的心理和精神就与常人不一样了，像个易碎的玻璃，不能碰。辅导员老师也知道此事，让她家人带她去看病，她家人坚持姑娘没有毛病，才拖至如今的模样。

我似乎可以舒一口气了，可我得好好反省，问题还是出在我的身上。最初的沟通和交流时间太短了，我的洞察分析能力还是有限，应该分析出她与常人不一样的地方，这样的病人应该婉言谢绝才是。还有在最初发现问题时，我该提醒她的家人，带她看病，而不是赶紧脱手，抛开她。

精神分裂分裂不了人的心地善良和诚实，姑娘的"大胆放肆"解救了我，也让我看到了我的不足，学会了很多。比如治疗前要做彻底的沟通和交流，必须把患者具有健康的心理素质放在第一位，学会医治别人的同时还要保护自己，这样才能顺利完成整个治疗过程。

医者患者的关系其实是一个复杂的社会群体关系，有矛盾纠纷，也有真情和友谊，一切存在的都是必然的，就看我们如何去选择去把握，还有就是你遇见什么类型的病人，这个问题就更复杂了。

夜班

父亲给我填志愿时填了口腔医学专业。父亲说:"我打听过了,只有口腔医生不上夜班!"

我以为是真的,父亲他们都以为是真的。

从实习时我便上了夜班,我知道,父亲上当了,我上当了吗?

那年才工作,无忧无虑的,浑身有的是力气,早早地就到病房,等着白班的下班,等着跟他们交接班。

夜班的主要任务除了急诊,便是负责病房的口外住院病人。虽然夜晚很漫长,但因为与耳鼻喉科和眼科医生同在一个病区,加上病房护士,四个人一点也不寂寞。

我们四个人常常各忙各的,都闲的时候便是夜深人静的时候。

"小孔,对象谈得怎样?"

"才谈。"

"要没有,我来帮你介绍个教师。"

"谢谢!"

"唉，这电炉还真快，一会儿工夫，这大米粥的香味就出来了！"

"要带点油盐下个面条也不错。"

"天冷了，我老婆刚刚送的夜宵，大家尝尝。"

……

不知从哪天起，医院发福利了，一个夜班一块钱，食堂十二点之前供应我们夜宵了，一碗面条、一个鸡蛋。就这个，很让人向往，因为那面条上飘着一层亮亮的荤油，还有绿色的蒜花……那是在黑暗中从食堂打过来，热乎乎的，穿过了半个医院。

四个人彼此很和谐，就像是同一个战壕里的战士。过了十二点，医生忙完了便可以去值班房休息了，护士也换了人，接下来只有换班的护士一个人守着病房到天亮。除非来了急诊的时候，她去值班房叫醒医生。

无数次梦中听到敲门声：

"口腔科急诊！"

无数次刚刚躺下又听到敲门声：

"又是口腔科急诊！"

无数次一个晚上不停地进手术室，也有进了手术室，忙到天亮的……

那时候年轻，不觉得累。我惊讶于人间的千姿百态，人间的辛酸苦痛有时在白天看不见的，夜里却都能看得清清楚楚。

"我一躺下，牙就疼！牙一疼，我就来医院！"

有病人一个晚上能来几次，他不怕你嫌他烦，他等不到天亮，他睡不着。这不能怪他，牙髓炎的患者躺下疼痛会更明显。

车祸的、外伤的，往往首先受伤的便是头面部。

有一次，一个五岁的小女孩，夜里被自家的狼狗咬了，把她的脸从左边掀到了右边，整个一个血肉模糊，骨肉分离的惨相。我在手术室缝了整整一夜，那个小女孩很配合，没上全麻，居然一声没吭，我吓得一边缝一边喊她的名字，缝好后，我抱了她很久……

还有一次，半夜被叫醒，一个年轻人由父亲带来的，说儿子想不开，咬舌自尽，我顿生同情。检查一看，弧度不对，自己咬的弧度朝外，他咬的弧度朝内。不是他咬的，我心生好奇再问，才知道，是女朋友咬的！这女孩也够狠的，不爱了也不能下此毒牙……第二天公安局来找我做笔录，才知道，那男孩不学好，夜间拦路劫色，好一个"色狼"，下场是惨痛的，活该！

　　最让我难忘的是一个夜里，病房的一个六岁的病危男孩，蜂窝组织炎引起的菌血症，在我面前活生生地走了。是个二胎，父亲抱着死去的儿子蹲在地上痛哭不止，哭声一直在走廊上回荡，灯光下，父子俩瘦弱单薄的身子一直留在我的脑中。这是个难忘的记忆，是我第一次面对病人死亡的来袭，我知道谁也无法阻止生命的离去……那一夜，我没法忘掉！

　　下夜班时，常常感觉脚底发飘，如入了仙境，仿佛成了仙。

　　夜班，我上了十几年，学到了很多……我清楚，我没有上当，父亲便也没有上当。那是一笔财富，对于任何人，你不经历，你永远不会拥有。

窗内窗外都有阳光

科室里在争吵，老的与小的，并不是真的吵架，只是在互相较劲，想争个理。老的要面子，但资格已经足足的了，本来就犯不着与小的争个是非，想有存在感是真的。自己给自己的一种安慰，同时希望从别人的口中眼中得到一种尊重而增加存在感……阳光从窗外照进来，老的小的座位朝北，但都沾了点光芒，这大概便是岁月留下的痕迹，当你想看清的时候，它却消失了。仔细地听了内容和声音，老的并没有占上风，相反是在示弱，想当初，他也曾叱咤风云过，有点不忍心看他的表情，感觉他在停顿的时候咽口水……小的声音渐渐小了下来，大概不想说了，也没什么好说的，都是同事，老的还是曾经的领导，虽然并没有帮过我们忙，但与老的争赢了又有何用？

我是老的还是小的？我小的时候，很虚心，虚心得有点虚伪，总在每个老的面前称自己是学生。那时候，我从不修饰自己，除了帽子包住头发，口罩盖住嘴，我的脸上连雪花膏也不搽……

我不敢想老的时候，太阳刺了我的眼睛，春光正明媚，想拉着一双手去踏青。或者让人拉着我的手，这双手必须比我的手还要大。

有人刚刚送了松茸给我，送的人是真心的，我看见了她的眼睛里的真诚，我并不想要别人的东西，如果彼此没有需要和被需要时，礼品的净度才是纯的。可谁又会在求人办事时不拿点诚意，礼品似乎成了一种习惯，并不礼尚往来，所以给我增加了负担。说松茸炖鸡汤好吃，我想鸡该会怎么想，成了被绑架。没人知道我怎么想的，我只露了两只眼睛，在琢磨我曾经因为求人办事时，礼送不出去。我的眼睛似乎在拒绝一些东西，早上的咒语还在，我想的都是不该想的。

这俩小姑娘三岁半，虽长得不像，但一眼便知是双胞胎。辫子是一样的扎法，流泪的方式也相似，眼睛在眨巴眨巴的……俩人都同意喊我奶奶，也都同意张嘴给我看。她们的妈妈在分配她们任务，说只要配合了我便去买她们要的芭比娃娃……

我突然明白，双卵双生的也有共性，因为都是人，是有智商的有行为能力的人，不管年龄大小。反咬合并不难看，她们会模仿，相互模仿，于是才有了相似。如果是单卵双生呢？

有一个患者是市人医的护士，说是慕名前来拔牙，我不想招人记恨，兄弟医院的师兄师姐看见这句话会不服气的。可既然来了，那就下手呗，让她去吃饱了再来，我在这儿等她。我现在思考的是，该快拔还是慢拔，快了以为太简单，慢了以为水平差……

三秒拔了护士的牙，我本来想一秒的，因为我也饿了，忙了一个上午，手上的力气全用光了……

不喜欢别人送礼，小的们虽然嘴上不说什么，但对我是有看法的，他们的眼睛是雪亮的，思想更亮，会一针见血地说我是人缘好，才老有口福，可松茸究竟怎么吃我并不知道……我争取在真正老了的时候，修身养性，把话留在肚子里，做一个口德心德双全的人。

看完了门诊有点饿了，我得去打食，乘着窗内窗外都有阳光……

护工老周

1

老周是我们四楼口腔科门诊的护工，一个退了休的再上岗的女工人。

医院的护工都是与我们医院有合作关系的院外劳务公司编制，大多数都是退休的女工人，说得明白一点，一定是家境不佳的女工人，如果家境富裕谁会为一个月千把块钱来医院卖命，"护工"头衔听起来不难听，可干的就是不停地打扫地面、桌面、台面的事情，还有每天不停地打扫厕所，要保证厕所干净且无味道。

粗略算算，她来我们科已经快六年了，一个身材矮瘦的女人，经意时她在你眼前忙来忙去走来走去，不经意时，她已把科里的地上台上机上卫生做得无可挑剔了。

知道她叫老周是她来我们科很久之后。我是主任医生，我只关心我的患者，自然从来不关心谁是打扫卫生的护工。只是无意中觉得这个勤勤恳恳的护工比上一个护工打扫得干净，渐渐地对于整天忙忙碌碌身材瘦小的她有了不坏的印象。"老周，帮我打扫一下水池"；"老周，帮我送一下消毒室"；"老周，帮我换一下工作服"；"老周，帮我买一下饭"；"老周，帮我换一下麻药"；"老周，帮我去北门拿一下快递"……我终于记住了她叫老周，她如此招人喜欢，是因为她还帮人干了不少她不该干的"分外事"。

科里女医生女护士特多，更衣室里不时传来有人丢钱丢物的事情，虽没丢什么大钱大物，可女人们就喜欢猜测和闲聊，叽叽喳喳地讲述，窃窃私语地议论，七嘴八舌地分析，矛盾箭头终于统一指向了"老周"。大家是这样分析的：一个拿了一千出头的退休女工人，丈夫也是工人，儿子虽有体面工作可是工资不高。平时穿着简朴，每天中午带来的饭菜可以看出她家的消费水平，饭盒中除了大量的白米饭还有萝卜干。再有就是她打扫卫生，每天自由出入我们更衣间无数次……可猜测仅仅是猜测，你无凭无据如何去定人家的罪？我虽然没有插嘴，可是我无形中对她有了坏的感觉，也许她就是那个贼，今后得小心提防着。

老周依然我行我素，也许她从来也没有过多地去在意和计较过别人的眼神和语气，仿佛没有发生过任何事情一样。也许她老奸巨猾，是个老江湖，总之，虽然被人呼来唤去，却也总是非常乐意的神色，我于是把她看作是一个谜。直到有一天……

这一天下班到家，我突然无意中发现我戴在手上的钻石手链不见了，那是先生送我的"爱情信物"，满世界寻找未见，郁闷了一夜。没想到第二天一上班，有人告诉我，老周昨晚下班后打扫卫生时捡到一根钻石手链，科里的人人都知道，那是我的。女人们显然全哑了声，看老周的眼神一下子变得温柔起来了。我这才有机会有兴致细细地打量起老周来。白晰的脸庞，瘦小的身材，微笑的口角边堆积了不少的皱纹，不大的眼睛散发着仁慈的光芒，这分明是个善良的大好人，哪是什么老江湖？我要给她酬谢，她坚决不要，说了一句话我永远记住了，不是我的东西我从来不拿。知道老周没什么文化，可是此刻，我觉得她是高尚的，是伟大的，我也因为之前对她的猜测而看到了自己的小来。

无独有偶，不久之后，老周同样捡到了科里叶老师的一根金手链……全科的女人再一次沉默，然而喊"老周、老周"的声音，却越来越甜越来越温柔了。

我于是经常注意起老周来了……不久听说她刚刚结婚的新儿媳怀孕了，我发现老周几乎在噙着泪告诉着每一个人。

"老周""老周"……我们每天依然这样喊着，仿佛永远无法离开她了。

2

还是去年的某个时候写了《护工老周》一文，距离现在几乎快一年了。看她每天忙碌的身影，我有点心疼。因为她身材瘦小，面黄肌瘦的样子，还因为她工作太辛苦，从来不知道疼惜自己。

上次提到过她的儿媳怀孕的事情，当时我是既高兴又不高兴。高兴的是她终于可以做奶奶了，不高兴的是，她说过，孙子一生下来，她便不做护工了，她要回家，好好地服侍儿媳，带好孙子。她真是这么说的，我看到她说这句话的时候眼里噙着泪花。我知道她是激动有孙子了，二是她对这份工作难舍难分。因为她说过，她喜欢医院的这份工作，一是体面，她原本纺织厂的老同事们个个羡慕她，说老了老了再就业，居然混进了医院，跟医生护士打上了交道。二是多多少少每个月除了交了"五险一金"还可以多挣一千多元。

可是接下来好几天，听不到她说话的声音，只看见她在用力默默地扫地、拖地、抹桌、洗痰盂，有人即便与她说话，她也只是有问才答。

老周，这几天怎么不开心？老周今天烧什么汤给媳妇孙子喝？老周，你在我们医院的日子屈指可数了。老周，媳妇什么时候生啊？

老周像是个犯了错误的孩子，停下手中的活，低声说道，流产了。一脸的忧郁和伤感。有男同事听到便大声安慰道，留得青山在不怕没柴烧。革命尚未成功，儿子儿媳须加努力。还有就是我说的，没关系，还年轻，还能怀。

老周一下子不可能离开了，我心中的那块石头终于落下了，她总在你最需要的时候送来器械盘，为你拿来麻药，总在你不经意的瞬间，为你打扫干净了桌面和地面。总在你饥饿到了极点的时候，从食堂为你买来了盒饭……然后，她一个人默默地吃她带来的一大饭盒的米饭，里面有点炒青菜和萝卜干。

这几天，我突然发现老周的笑容绽放了满脸，也是，儿媳妇流产的事情过去快大半年了，怎么可能永远不开心呢？人总要想开点的。无意中我突然冒了一句，你儿媳妇怀孕了吧？你怎么知道的？她突然大声回答了我。老周啊老周，这么大的喜事，你居然不说？有喜事要大声说出来，我说。呵呵，还没满三个月，我怕她再流产，没敢告诉任何人，孔主任你神了！她笑着说。哪能又流产，这回孙子跑不掉了，好人有好报，你是好人。我心里怎么想的，嘴里就怎么说了出来。我说这句话，丝毫不带任何感情色彩，老周就是个好人，并不是因为她去年捡了我一根钻石手链。

知道她儿媳妇怀孕的第三天，老周突然跑到我这里，神采飞扬比对我说，华南公司开年终表彰大会了，又表扬我了，还奖励了我三百元哩！去年是因为捡了两根金手链，今年是因为我捡到了两次钱包。我知道，去年的两根手链一根是我的，一根是我同事的。我突然问，两次的钱包中有钱吗？不知道，我没有打开，我怎么能够打开呢？我上交了医院服务总台。只知道其中一个失主说他钱包里面，仅仅各种卡就有十多张，老周依然在笑着，我知道，她依然沉浸在一种荣耀和幸福之中，公司奖励她三百元，这对于她来说比什么都值钱。那是世界上最干净最有价值的三百元，是对老周金子般心灵的最佳奖励和肯定。

突然想起还有六个月，老周的孙子就要出生了。一个新的生命将延续它应有的血脉，同时也是一种灵魂在深度扩张，谦卑而高尚，这是老天对老周最公平最富有的生命礼物。期待这一刻的到来，也同时珍惜与她共处的最后六个月的时光。我很想大声说一声，老周，你真的很伟大！

实习护士

我端着盒饭托盘走到了一个空座位前，对面是一个女孩，穿着红色毛衣，脸圆圆的，眉毛浓浓的，眼睛大大的，正斯文地啃着鸡大腿。我放下我的盒饭托盘，女孩虽不漂亮，但看着文静也舒心，就坐这儿吧。虽然吃饭也就几分钟的工夫，我却有点小讲究。对于吃什么并不讲究，对于跟谁一起吃我却很在乎。

平常一进食堂总喜欢先瞄一瞄有没有熟悉的面孔，一声不响地跟生人在一起吃饭，吃下去似乎也不消化。我于是养成一个习惯，喜欢靠熟人坐。虽然是一个医院的职工，平时不联系的几乎叫不出名字，能见面点个头的就已经算是熟人了。

今天实在看不见一丝熟悉的气息，挑个美女靠靠也算是个不错的选择。我不喜欢吃饭不说话，我也不喜欢跟我一起吃饭的人不说话，这似乎有点强盗逻辑，也许饮食文化就是指入口的美食与心与心的交流的融合，这种交流一定是一种文明愉悦的谈话，轻松而快乐。

哪个科的？我问。心脏科的，她回答。工作还是实习？我问。实习生。她回答。我仔细看了，她的一双大眼睛正怯生生地打量着我，我同时注意到她啃的鸡大腿很干净。

这样的对话似乎可以中止了，我吃了两口饭，抬头看见她正在认真刮干净盒饭面盆。如今的女孩，都想节食，我经常看到食堂里的小姑娘，一盆盒饭扒两口就扔下，一显饭量小耍大牌，二嘴刁，如此浪费的举动我从内心讨厌并瞧不起。不要说农民种田粒粒皆辛苦，就说拿自己的钱或父母的钱来糟蹋也是让我深恶痛绝。

你哪个学校的？蚌埠医学院的。你多大？我二十四岁。考研吗？我不考，我学护理的。

噢，原来是个实习护士。本科护士找工作通常不难，护理专业的研究生招生不多，要明年毕业的话，眼下该找工作了。

家是哪儿的？淮北的。是个城市名吗？是的。我淮北农村的。工作找了吗？在扬州吗？回去找，靠家找，投完简历，再慢慢应聘。父母帮你找吗？我父母都是农民，哪有这本事？就你一个女儿吗？三个！一个姐姐，一个弟弟。姐姐已经出嫁了，工作了，弟弟还在上学。我们那儿农民，家家都是三四个，生到儿子才肯罢休。呵呵！那如果找不到合适的工作呢？那就嫁人。有对象吗？没有。班上不是有男生吗？学医的我看不上。那嫁人怎么嫁？相亲呗！你什么条件？对我父母好，长得好看就行……

我吃完了，她的骨头也彻底啃干净了，她朝我笑了笑，笑得很干净，也很阳光灿烂。我们一起走出了食堂大门，分手时我告诉她我在口腔科，我儿子今年也是二十四岁。我很想告诉她，一定要先找工作后嫁人，女人得先嫁事业再嫁人，否则跟放羊娃的理想没什么差别。放羊娃的故事也是刚刚听来的，说从前有个放羊娃，路人问他为什么要放羊，他说为了长大了娶妻生子，路人问然后呢？他说然后再放羊……

这并不是个笑话，我很希望这姑娘能明白我的意思，可是也许她是对的，放羊的形式很多，地点也可以变化，只要人活着感觉快乐就好！